महाश्वेता देवी

जन्म : 1926, ढाका।

पिता श्री मनीष घटक सुप्रसिद्ध लेखक थे।

शिक्षा : प्रारम्भिक पढ़ाई शान्तिनिकेतन में, फिर कलकत्ता विश्वविद्यालय से अंग्रेजी साहित्य में एम.ए.।

अर्से तक अंग्रेजी का अध्यापन।

कृतियाँ अनेक भाषाओं में अनूदित।

हिन्दी में अनूदित कृतियाँ : *चोट्टि मुण्डा और उसका तीर, जंगल के दावेदार, अग्निगर्भ, अक्लान्त कौरव, 1084वें की माँ, श्री श्रीगणेश महिमा, टेरोडैक्टिल, दौलति, ग्राम बांग्ला, शालगिरह की पुकार पर, भूख, झाँसी की रानी, आंधारमानिक, उन्तीसवीं धारा का आरोपी, मातृछवि, सच-झूठ, अमृत संचय, जली थी अग्निशिखा, भटकाव, नीलछवि, कवि वन्द्यघटी गाईं का जीवन और मृत्यु, बनिया-बहू, नटी* (उपन्यास); *पचास कहानियाँ, कृष्णद्वादशी, घहराती घटाएँ, ईंट के ऊपर ईंट, मूर्ति,* (कहानी-संग्रह); *भारत में बँधुआ मजदूर* (विमर्श)

सम्मान : 'जंगल के दावेदार' पुस्तक पर साहित्य अकादेमी पुरस्कार। मैगसेसे एवार्ड तथा भारतीय ज्ञानपीठ द्वारा सम्मानित।

निधन : 28-07-2016 (कोलकाता)।

बनिया-बहू

महाश्वेता देवी

अनुवाद
डॉ. माहेश्वर

राधाकृष्ण पेपरबैक्स

राधाकृष्ण पेपरबैक्स में
पहला संस्करण : 2001
सातवाँ संस्करण : 2023

राधाकृष्ण पेपरबैक्स : उत्कृष्ट साहित्य के जनसुलभ संस्करण

राधाकृष्ण प्रकाशन प्राइवेट लिमिटेड
जी-17, जगतपुरी, दिल्ली-110 051
द्वारा प्रकाशित

शाखाएँ : अशोक राजपथ, साइंस कॉलेज के सामने, पटना-800 006
पहली मंजिल, दरबारी बिल्डिंग, महात्मा गांधी मार्ग, प्रयागराज-211 001
1, अनमोल सोराबजी संतुक लेन, धोबी तलाव, मरीन लाइंस, मुम्बई-400 002
वेबसाइट : www.radhakrishnaprakashan.com
ई-मेल : info@radhakrishnaprakashan.com

बी.के. ऑफसेट
नवीन शाहदरा, दिल्ली-110 032
द्वारा मुद्रित

मूल्य : ₹199

BANIYA-BAHU
Novel by Mahashweta Devi

ISBN : 978-81-7119-622-7

आलस्यविहीन कर्मयोगिनी
श्रद्धेया कमला मुखोपाध्याय को !

भूमिका

'बनिया-बहू' की कहानी की जड़ में हैं, सोलहवीं शताब्दी के कवि मुकुंदराम चक्रवर्ती। मैं बार-बार इस कवि के पास लौटकर आती हूँ। 'ब्याघखंड' और 'बनिया-बहू' उनकी पुस्तक 'चंडी मंगल' से ही उधार लिए गए हैं। वे कवि कैसे बने—इसका वर्णन पढ़कर ही 'कवि वंद्यघटी गाईंर जीवन ओ मृत्यु' लिखने को उत्साहित हुई थी। 'बनिया-बहू' की कहानी संभवतः आज भी प्रासंगिक है। कानून को धता बताकर आज भी बहुविवाह प्रचलित है। स्त्री-परित्याग की घटनाएँ आम हैं। मगर ऐसी स्थिति में निम्न वर्ग की स्त्रियाँ मेहनत-मजूदरी करने निकल पड़ती हैं। ऊँचे वर्गों में इन सब घटनाओं के परिणाम भिन्न प्रकार के होते हैं। और 'बेटे की माँ' न हो सकने की स्थिति में आज भी स्त्रियाँ खुद को अपराधी मानती हैं। निम्न वर्ग में कन्या-भ्रूण को नष्ट करने की घटनाएँ विरल हैं। अर्थात् अभी भी हम बीसवीं शताब्दी तथा अन्य बीती शताब्दियों में एक साथ रह रहे हैं। इसी कारण भारतीय समाज में किसी महिला की कहानी, जो इसका अपवाद हो, जान कर उसे रेखांकित करना उचित है। कमला दीदी एक ऐसी ही महिला हैं। आज जो बीस-इक्कीस साल की हैं, उन्हें बताना चाहती हूँ कि कमला दीदी आज इक्यासी साल की हैं, पर इक्कीस साल की होने के बहुत पहले से उन्होंने अंगारों पर चलना सीख लिया था।

कमला दीदी का जन्म 1913 में इस पार के बंगाल में हुआ और लिखाई-पढ़ाई, पालन-पोषण उस पार के बंगाल में। उनकी उम्र जब सिर्फ तीन महीने की थी, उनके क्रांतिकारी पिता जर्मनी चले गए। उसके बाद से प्रमथनाथ चट्टोपाध्याय की कोई खोज-खबर नहीं मिली। कमला दीदी की माँ ने मैमनसिंह के विद्यामयी स्कूल के हॉस्टल में नौकरी करके अमरेंद्र नाथ, तापस (बड़ी बेटी) और कमला दीदी की परवरिश की। यह परिवार स्वाधीनता-सेनानी था। इनके दादा (बड़े भाई) 1921 में परलोकवासी हुए। तापस पढ़ाई-लिखाई में तेज थीं। बाद में अपने नाम के अनुरूप वाकई उन्होंने तपस्विनी के रूप में हिमालय प्रवास शुरू किया। 1977 में उनकी मृत्यु हुई।

सन् 1928 में साइमन कमीशन का बॉयकाट करने के कारण कमला दीदी को पंद्रह वर्ष की छोटी उम्र में हॉस्टल से निकाल बाहर किया गया। उन दिनों वे मैमनसिंह के क्रांतिकारी दल 'युगांतर' के संपर्क में थीं। सन् 1929 में मैट्रिक पास करके वे

कलकत्ता आईं। स्कॉटिश चर्च कॉलेज में नाम लिखाया। पढ़ने में अच्छी थीं। सन् 1930 में सविनय अवज्ञा आंदोलन में शामिल हुईं। साथ ही क्रांतिकारियों के कागज-पत्र और हथियार छिपाकर रखने का काम भी करती थीं। चटगाँव अस्त्रागार लूट केस के क्रांतिकारियों के साथ वे घनिष्ठ भाव से जुड़ी हुई थीं। सन् 1931 में उन्होंने आई. ए. (इंटर) पास किया। शांति घोष और सुनीति चौधुरी द्वारा कुमिल्ला के मैजिस्ट्रेट स्टीवेंस की हत्या के बाद ढेर सारी अन्य महिलाओं के साथ कमला दीदी भी गिरफ्तार हुईं। सन् 1932 में उन्हें सिउड़ी और कुख्यात हिजली जेलों में बंदी बनाकर रखा गया। सन् 1938 में उन्हें रिहाई मिली। तब उनकी उम्र पचीस वर्ष थी।

तब वे छात्र और महिला आंदोलनों से जुड़ीं। 'मंदिरा' नामक पत्रिका का संपादन किया और राजनीतिक बंदियों की रिहाई के लिए आंदोलन किया। सन् 1938 में ही कम्युनिस्ट पार्टी से जुड़ीं। सन् 1943 में 'महिला आत्मरक्षा समिति' की स्थापना के बाद उन्होंने अकाल-पीड़ितों की सहायता में योगदान किया। सन् 1944 में उन्होंने निराश्रित और उत्पीड़ित स्त्रियों की सहायता के लिए 'नारी सेवा संघ' की स्थापना की। नौकरी के दौरान ही उन्होंने एम. ए. और बी. टी. की परीक्षाएँ पास कीं। सन् 1946 में नोआखाली में सांप्रदायिक दंगों के बाद अपने शिशु-पुत्र को रिश्तेदारों की देख-रेख में छोड़कर वे दंगा-निवारण के काम में जुट गईं। इसी प्रकार जीवन-भर वे काम में जुटी रहीं। मैंने देखा है उन्यासी वर्ष की आयु में ट्राम में बैठकर वे 'साहित्य संसद' के कार्यालय में किताबें खरीदने जा रही हैं। कोई भी काम आधा-अधूरा वे नहीं छोड़ती थीं। पर्वतारोहण शुरू किया तो 'हिमालयन इंस्टीट्यूट' में बाकायदा नाम लिखाया। आदिवासी और गैर-आदिवासी ग्रामीण जनों के बारे में जानकारी हासिल करने के लिए कमला दीदी भारत के सुदूर भीतरी इलाकों में घूमती रहीं। अभी तक मुझे जो चिट्ठियाँ उन्होंने लिखी हैं, सभी में पीड़ित जनों के प्रति उनकी चिंताओं का आर-पार नहीं : चकमा आदिवासियों की दुर्गति, नर्मदा बाँध विरोधी आदिवासियों का क्या होगा, कालाहांडी के आदिवासियों को कौन बचाएगा वगैरह, वगैरह। कितने सौभाग्य की बात है कि अस्सी पार करके भी एक बंगाली औरत, परलोक की नहीं, इहलोक की चिंता में डूबी हुई है। आजकल की युवा पीढ़ी की स्त्रियाँ क्या इसकी बराबरी कर सकती हैं ? औरतों की तो बात ही छोड़िए स्वाधीन और पूर्णतः विकसित मनुष्य बनने के वास्ते भी कोई राह नहीं बनाता। राह खुद ही बनानी पड़ती है। कमला दीदी इसका पक्का प्रमाण हैं।

आइए, आपको एक अंतरंग बात बताती हूँ। उमा सेहानवीस ने बताया था, उन दिनों कमला दीदी के लिए गिरफ्तारी का वारंट कटा हुआ था। और तभी ये यूनिवर्सिटी की क्लास में दाखिल हुईं। इधर कमला दीदी पर वारंट कटा हुआ है, उधर वे मजे से यूनिवर्सिटी में कानून की क्लासें अटेंड कर रही हैं। एक दिन उमा के सामने ही पुलिस ने कमला दीदी को धर लिया। उमा किसी तरह दौड़ती-भागती कम्युनिस्ट

पार्टी के दफ्तर पहुँची। रेणु चक्रवर्ती से हाँफते हुए कहा, "रेणुदी, रेणुदी, कमलादी को पुलिस पकड़ ले गई।"

"पकड़ती कैसे ? मैं भाग आई।" उतनी ही हड़बड़ी में कमरे में घुसती कमला दीदी ने पीछे से कहा।

यह जरूर है कि हर बार पुलिस को चकमा देकर भाग पाने में कमला दीदी को कामयाबी नहीं मिली। 1948 से 1951 तक वे जेल में रहीं।

पहाड़ों पर चढ़ने का शौक हुआ तो लंबे अर्से तक वही जुनून सवार रहा उन पर। एक बार की बात है कि किसी पहाड़ पर चढ़ने गई थीं। अक्तूबर का महीना था। पहाड़ों पर चढ़ने का सीजन 15 अक्तूबर के बाद खत्म हो जाता है। कमला दीदी को यह बात याद ही न थी। कुलियों ने पहाड़ पर चढ़ने से इनकार कर दिया, पर हमारी कमला दीदी कहाँ मानने वालीं। एक बार मन में ठान लिया तो करके रहेंगी। झोला उठाया और अकेली ही चल पड़ीं पहाड़ की छाती रौंदने। ऐसी वीरांगना हैं हमारी कमला दीदी !

बाद में उन्होंने खुद बताया था, "एकदम सुनसान जगह थी। सिर्फ एक मंदिर था, वह भी बंद पड़ा था। एक पेड़ था, जिसके नीचे चबूतरा बना था। मैं वहीं आराम से सो गई।"

दूसरे दिन जब वे उतर रही थीं तो लोग अवाक् होकर उनकी ओर देख रहे थे। कारण यह था कि वे जिस ओर गई थीं, वहाँ पहाड़ी भालुओं का डेरा था और उनका आचार-व्यवहार जरा भी अहिंसक न था। कमला दीदी पहाड़ी भालुओं के मुँह में से जिंदा लौट आई थीं, यही सबके आश्चर्य की वजह थी।

कमला दीदी आज भी जीवित हैं, हमारे बीच हैं। ऐसे लोगों की पीढ़ी इला मित्र पर आकर खत्म होती है। ये लोग हाड़-माँस के जीवंत लोग थे। हम लोग तीन सितारा युग के मनुष्य हैं और हमारी परवर्ती पीढ़ी एस. एल. वर्ल्ड की प्रजाति की है। देश-काल-मनुष्य-समाज-गरीबी—इन सबसे पूरी तरह अनभिज्ञ यह आत्मरत, आत्मलीन पीढ़ी बड़े मजे में अपने दिन काट रही है।

मगर मैं कहूँगी, कमला दीदी इस पीढ़ी की तुलना में आज भी ज्यादा जवान हैं। मैं उन्हें किसी संघर्षशील महिला की कहानी अर्जित नहीं कर पाई, एक दुखी लड़की की जीवन-गाथा समर्पित कर रही हूँ। ऐसा न कर पाती तो अपराधिनी ही बनी रहती। कमला दीदी ने ही मेरी जवानी के दिनों में एक बार मुझसे कहा था, "काम नहीं करेगी तो जिंदा कैसे रहेगी ?"

कमला दीदी, शायद यह बात आपको याद न हो, पर मुझे अभी भी याद है।

—महाश्वेता देवी

एक

बड़ा सुंदर सवेरा था। मगर दामिन्या गाँव के मुकुंद और उसकी पत्नी के लिए पिछली रात बड़ी परेशानी में बीती। मुकुंद और उसका हलवाहा बलराम देर रात तक गौशाले में अटके रहे। मुकुंद की पत्नी की दुलारी गाय राँगामनि पिछली रात पहली बार माँ बनी थी।

राँगामनि को बेहद, बेहद तकलीफ हुई थी। मुकुंद की पत्नी लगातार भगवान को मनाती रही। सुना जाता है कि औरतें संतान को जन्म देते समय कभी-कभी बहुत कष्ट पाती हैं, पर क्या गाय-गोरू भी संतानोत्पत्ति में मनुष्य की तरह कष्ट पाते हैं ? मुकुंद की पत्नी ने देवता से गुहार लगाई थी, ''हे ठाकुरजी, मेरी राँगामनि की जचगी आराम से बीती तो मैं कयाली को बुलाकर भजन कराऊँगी। पूजा दूँगी।''

बलराम ने कहा, ''तकलीफ नहीं पाएगी तो और क्या होगा ? इधर-उधर घूमती रही डहकती हुई। गोहाल में बाँधने चलो तो सींग चलाएगी। तुम्हारे दुलार से बिगड़ गई राँगी। एकदम मरकट हो रही है। मरकट।''

''देवर, इसकी ठीक से जचगी करा दो। आदमी तो है नहीं कि दाई आकर बच्चा जनमाएगी।''

''चिंता काहे करती हो, भौजी ? बलराम के रहते क्या फिकर ?''

रात में यही सब गोलमाल होता रहा। सवेरे देखा गया मुकुंद-बहू की दुलारी राँगामनि सद्यःजात बछड़ी को जी-जान से चाटे जा रही है।

मुकुंद ने हँसकर कहा, ''लो, तुम्हारी नतनी हुई है। मैंने कहा था न...''

''देवर को मैं नए कपड़े और गमछा दूँगी और पानी पीने के लिए लोटा दूँगी।''

''और मुझे ?'' मुकुंद ने पूछा।

''तुम्हें दूँगी ठेंगा,'' मुसकरा कर मुकुंद-बहू ने पति को स्नेह से देखा और कहा, ''देवर से कहो, कयाली को न्यौता दे आएँ, आकर भजन गाए, गाय का मंगल होगा। कैसी काली है जी यह बछड़ी !''

''माँ का रंग तो दूध जैसा और बेटी इतनी काली ! इस बेटी के बारे में तुम्हें कोई चिंता नहीं हो रही ?''

''अरे ! वह क्या आदमी की बेटी है कि चिंता होगी ? और फिर काली होने

से क्या किसी का ब्याह नहीं होता ?''

''हाँ ! यह तो है !''

''काली गाय का दूध मीठा होता है, जानते हो ? कहा गया है–काली गाय का दूध मीठा, काली कोयल की कूक मीठी, काले हाथों की रसोई मीठी।''

''क्या मालूम, कैसे जान सकता हूँ ?''

''क्यों ? मेरे हाथ की रसोई खाते नहीं हो ?''

''कौन कहता है तुम काली हो ?''

''गोरी तो नहीं ही हूँ। तुम्हारी बगल में मैं...? खैर, जैसी हूँ, उसके लिए मेरे मन में कोई दुःख नहीं।''

''मुझे तो काले रंग में ही उजाला दिखाई देता है।''

''तुम विद्वान हो, कितनी ही पोथियाँ पढ़ रखी हैं। तुम्हारे विचार अलग हैं।''

''मान लो, मैं ही काला होता तो ?''

''मर्द-मानुस का रंग कौन देखता है ? गनपति बनिया देखने में कुछ भी नहीं, मगर उसकी दोनों घरवालियों को देखो ! बड़ी बहू कनका भी सुंदर है, मगर छोटी बहू अहना तो जैसे देवी-प्रतिमा है !''

''रहने दो, मुझसे सुना नहीं जाता।''

''अहना की बात सोचकर...आह ! मैं सोच भी नहीं पाती कि उसके माँ-बाप ने ऐसी सोने की पुतली जैसी लड़की को किस कलेजे से सौतवाले घर में ब्याह दिया ?''

''रहने दो ! दो घंटे में रात खतम हो जाएगी ! थोड़ा सो लो।''

''अच्छा ! चलो। रोज सोते समय भगवान से प्रार्थना करती हूँ कि सवेरे अहना की रुलाई से नींद न टूटे !''

मुकुंद ने नीचे गले से कहा, ''सवेरे की बात करती हो ? तुम तो सात दिन खटने के बाद बिछौने पर पड़ते ही सो जाती हो। मैं बहुत बाद में सोता हूँ। कितनी, कितनी रात तक मुझे उसकी रुलाई सुनाई पड़ती है...कितनी रात...''

''हाय मोरी मैया, सच्ची ?''

''जानती हो, मुझे लगता है दामिन्या गाँव की लक्ष्मी रो रही है। जैसे इस गाँव की लक्ष्मी न्याय माँग रही हो। उन्हें न्याय नहीं मिलता, इसी दुःख में रोती हैं।''

मुकुंद की पत्नी ने कहा, ''देवी-देवताओं की महिमा होती तो क्या ऐसा होने पाता ?''

''अच्छा ! तुम सो जाओ।''

''और तुम ?''

''मैं भी सोऊँगा।''

मुकुंद को नींद नहीं आ रही थी। बहुत दिनों से वह बनिया-बहू अहना की

असहाय, अकेली, कातर रुलाई सुनता आ रहा है।

क्या केवल वह सुनता है ? और कोई नहीं सुनता ?

सुनता है और सोचता है—यह तो बड़ा अन्याय है , बहुत बड़ा अन्याय !

हाय ! दामिन्या गाँव में क्या आदमी नहीं हैं, समाज नहीं है ? एक-एक जाति का एक-एक मोहल्ला है। बनियों का भी तो एक मोहल्ला है, समाज है, समाज-प्रमुख है।

वे क्यों कर यह घोर अन्याय सह रहे हैं ? क्यों ढेर-सारी औरतें ऐसे ही अन्याय की चक्की में पिस रही हैं ?

मुकुंद की माँ कहती थीं। क्या कहती थीं ? कहती थीं, औरतें घर की लक्ष्मी होती हैं। लक्ष्मी को कष्ट देने से गृहस्थी जलकर राख हो जाती है।

मुकुंद कहता, "किसने किसे सताया है ? तुम इतनी चिंता क्यों करती हो ?"

"तू क्या समझेगा, मुकुंद ? इस घर में तो तूने कोई अत्याचार-अनाचार देखा ही नहीं ?"

सचमुच नहीं देखा था मुकुंद ने। पिता और दादा का साहचर्य तो उसे ज्यादा नहीं मिला था। पर माँ-बेटे की दुनिया में बड़ी शांति थी। उसकी पत्नी तो माँ के लिए अपनी बेटी से बढ़कर थी।

असल में मुकुंद का मन बड़ा नरम था। पशु-बलि भी देख नहीं सकता था। कुत्ते को ढेला मारने पर भी उसका कलेजा काँपता था।

और वही मुकुंद अहना की अजस्र रुलाई सुनता रहता था।

मन-ही-मन मुकुंद बुदबुदाता—अगर अहना भी लड़ाकिन होती तो कनका ऐसा नहीं कर पाती। जो व्यक्ति एकदम असहाय होता है, उसी पर निष्ठुर का अत्याचार वज्र के समान गिरता है।

यही सब सोचते-सोचते मुकुंद की आँख लगी थी कि सवेरा होते न होते दामिन्या का आसमान जैसे खंड-खंड होकर बिखर गया।

एक बालिका के आर्त-क्रंदन ने दामिन्या के आकाश को जैसे चीर डाला।

और, एक दूसरी औरत की चील के चीत्कार सरीखी चीख साथ ही सुनाई पड़ी। कनका, कनका, गनपति बनिया की बड़ी बहू कनका।

कनका बड़ी मुँहजोर है। आज भी वह माँ नहीं हो पाई है। निस्संतान स्त्री का यौवन सिर ऊँचा किए रहता है, नरम नहीं होता। कनका को देखकर भ्रम होता है, जैसे उसका यौवन अपने चरम पर आकर थम गया है, उसकी उम्र ने बढ़ना बंद कर दिया है। देह की रस्सी जैसे अभी भी कसी हुई है।

कनका तेज हाथों काम करती है और शान-चढ़ी आवाज में बातें करती है। और पास-पड़ोस के दुःख-सुख में दौड़ पड़ती है, औरों की तरह दोष-गुण वाली औरत है।

घर में सौत के आने के बाद भी कनका ने यह रौद्र रूप नहीं धरा था।

गनपति बनिए के परदेश जाने के बाद से पिछले कुछ दिनों से उनके घर में यह लंकाकांड चल रहा है, वह भी एकतरफा । छोटी बहू अहना की रुलाई सुन पड़ती। है और कनका की आवाज में लहर लेता विष।

मुकुंद की बहू ने दौड़कर खिड़की से कान सटाया। उसका मुँह सफेद हो रहा था।

"खिड़की बंद करो जी!"

बहू मुकुंद की बात सुन न सकी। खिड़की में मुँह धँसाए अस्फुट स्वर में बोली—"राक्षसी ! राक्षसी कहीं की !"

शायद गनपति की बुआ बोली, "बड़ी बहू ! यह क्या करती हो, बेटी ? पूरा मोहल्ला जाग गया है।"

"चुप करो ! अपनी सौत को मैं सजा दे रही हूँ। मोहल्ले के लोग क्या कहेंगे ? उनसे मतलब ?"

"सौतें तो और घरों में भी हैं, हैं कि नहीं ?"

"ऐसी कुलच्छनी तो नहीं ही है। दरवाजे पर पानी भी अभी नहीं छिड़का गया। बासी कपड़े भी हटाए नहीं गए। दरवाजा बंद करके राक्षसी भूजा खा रही है। देखो ! छिः ! छिः ! औरत जात को ऐसा दरिद्दरपना शोभा देता है क्या ?"

रुलाई से भरी बालिका कंठ की आवाज उभरी, "कल से मुझे कुछ भी खाने को नहीं दिया। मुझे भूख नहीं लगती क्या ?"

"यह क्या तेरे बाप का घर है ? सवेरा होते न होते माँ मुझे दूध-भात खिलाएगी ?"

"दूध-भात कौन माँगता है ? कल खुद खा लिया और भात की हाँडी में पानी डाल दिया, मुझे खाने नहीं दिया। क्या यह मेरा घर नहीं है ? घर में सब कुछ होते हुए भी मुझसे क्यों उपास कराया जाता है ?"

"फिर मुँहामुँही जवाब देगी ? ले...ले !"

सटाक्-सटाक् मार की आवाज सुनाई पड़ी।

"अरे दीदी हो ! तुम्हारे पाँव पड़ती हूँ, दीदी हो। मार खाते-खाते सारे अंग छिल गए हैं। अब मत मारो..."

"तुझे तो ऊपर-नीचे काँटा डालकर फूँक भी दूँ तो मेरा गुस्सा नहीं जाएगा।"

"अरे बाप रे ! क्या दामिन्या में कोई आदमी नहीं है, जो मुझे बचा ले ! कोई मुझे नहीं बचाता रे..."

और अचानक सब कुछ शांत हो गया।

मुकुंद की पत्नी जमीन पर बैठ गई।

"तुम सुनती ही क्यों हो ? दूसरे के घर की बातें सुनना अच्छी बात तो नहीं !"

"सुनना बड़ा अच्छा लगता है, इसलिए सुनती हूँ क्या ? उसकी रुलाई हवा में तैरकर आती है। मेरा कलेजा फटने लगता है।"

"सचमुच ! रोज-रोज की यह मार-पीट सही नहीं जाती।"

"अभी अहना कह रही थी—क्या दामिन्या में कोई आदमी नहीं है, जो उसे बचाए ! सुनोजी, सभी तुम्हारा मान-आदर करते हैं। तुम क्या इसका कोई उपाय नहीं कर सकते ?"

"गनपति होता तो मैं उससे कहता। स्त्रियों के बारे में मेरा कुछ कहना अच्छा लगेगा क्या ? दूसरे बनिए क्यों कुछ नहीं करते ?"

"कनका की जीभ में विष और आँखों में आग है। सभी उससे डरते हैं।"

"तुम इसे लेकर इतना फिकर मत करो।"

"कनका ऐसी पत्थर कैसे बन गई ? बाँझ औरत है ! संतान होती और लड़की होती तो अहना की ही उमर की होती ! बाँझ कहीं की !"

"हाँ ! बाँझ तो है ही।"

"सुनोजी ! बेटा-बेटी न हों तो औरत को बाँझ कहते हैं। कनका के संतान न थी, तभी तो बनिए ने दूसरा ब्याह किया ! न करता तो अच्छा था। बेचारी लड़की इस तरह तो मर ही जाएगी।"

"जिस दुःख का तुम कोई समाधान नहीं कर सकती, उसको लेकर क्यों चिंता में मरी जा रही हो ?

"संतान भाग्य में नहीं थी, नहीं हुई, यह बात क्या कनका मान लेगी ? पितूली के काका ने तीन-तीन ब्याह किए, फिर भी कोई संतान हुई क्या ? उसकी आखिरी औरत तो बतिए की तरह कच्ची उम्रवाली थी। शादी के दो साल बाद ही विधवा हो गई। इतनी कम उम्र मे सादी धोती पहनकर बाप के घर नौकरानी बनने जाना पड़ा"

"भाग्य !"

"कैसा भाग्य ? तुम लोगों का यह कैसा विधान है जी ? बहत्तर साल का बूढ़ा कच्ची कली जैसी छोकरी से ब्याह रचाता है ?"

"यही तो विधान है, लोकाचार है।"

"आह ! अभी से दशमी, एकादशी कितने ही व्रत, सिर के बालों का मुंडन, कितने ही कष्ट उसे झेलने होंगे !"

"शायद उसके भाग्य में वैधव्य-योग लिखा था।"

मुकुंद-बहू ने बड़े कष्ट से मुसकराकर कहा, "जैसे अहना के भाग्य में सौत लिखी थी ! इतना दुःख सिर्फ औरतों के भाग्य में क्यों लिखा होता है, जी ?"

"मैं ही लिखता हूँ क्या ?"

"कौन विधाता पुरुष लिखता है ? अगर एक बार मैं उसे देख पाती...!"

"तो क्या कहती ? सभी स्त्रियों को मेरे जैसा घर-वर देना, क्यों ?"

"ऐसा होता है क्या ? फिर भी एक बात जरूर कहती। हाथ जोड़कर विधाता से कहती—सभी स्त्रियों को सधवा रखना। उनकी गोद में बच्चे देना। दुहाई है तुम्हारी,

सौत की आग में किसी औरत को न झुलसाना।"

"मान लो, मैं ही तुम्हारी सौत ले आऊँ, तो ?"

"ला सकते हो। वह सदर दरवाजे से अंदर आएगी और मैं पिछले दरवाजे से बाल-बच्चों को लेकर बाहर चली जाऊँगी।"

"मगर जाओगी कहाँ ?"

"जहाँ मर्जी होगी, चली जाऊँगी। कटवा, नवद्वीप, डूमरपुर, कितनी ही जगहें हैं।"

"जा के दिखा, देखता हूँ कैसे जाती है मुझे छोड़कर ?"

"छिः ! छिः ! दिन-दहाड़े हाथ पकड़ते हो !"

"तो क्या हुआ ?"

"माँ स्वर्ग गईं तो देखती हूँ, तुम्हारी हिम्मत बहुत बढ़ गई है ? दिन-दहाड़े छेड़-छाड़ करने लगे हो। अभी शीबू या शिउली आ जाते तो ?"

मुकुंद ने पत्नी का हाथ छोड़ दिया।

"आ जाते तो देख लेते ! पिता ने माँ का हाथ पकड़ रखा है, यही न ? तो क्या हो जाता ?"

"यह ठीक नहीं है, लोग क्या कहेंगे ? मर्द को तो कोई दोष नहीं देता। कहेंगे—मुकुंद की औरत को देखो ! सास के आँख मूँदते ही राजरानी बनकर बेहयाई पर उतर आई है।"

"अरे ! बड़ी राजरानी बन गई है तू।"

"छिः ! छिः ! यह क्या तू-तड़ाक कर रहे हो ? अब न मैं छोटी हूँ और न तुम ही। मुझे काम है, जाती हूँ।"

"जाओ, मैं भी निकलता हूँ। तुमने माँ की बात चलाई, सो एक बात कहता हूँ। माँ अच्छे मुहूर्त में विदा हुईं।

"क्यों...कोई नई बात हुई है क्या ?"

"देश-दुनिया का हाल अच्छा नहीं है। सभी कहते हैं, अगर यही हाल रहा तो देश छोड़ना होगा।"

"सवेरे-सवेरे कैसा अशुभ बोल रहे हो ?"

"पाँच आदमी जो कहते हैं, वही कह रहा हूँ। जो भी हो, यह बात किसी से कहना मत।"

"हाँ ! मैं तो पूरे मोहल्ले में घूम-घूमकर गप ही करती रहती हूँ; मुझे और काम ही क्या है ?"

"तुम लोगों की असली गप-शप तो घाट पर होती है। घाट पर भी यह बात मुँह से नहीं निकालनी है। मान लो, हमें देश छोड़कर जाना ही पड़ता, तो माँ को कैसे ले जाता मैं ?"

कमरे में रस्सी से झूलते बाँस की अलगनी पर चौपरत कर कपड़े टाँगती पत्नी ने कहा, "जैसे भी होता ले जाते। जिंदा होतीं तो उन्हें ले जाना ही पड़ता। माँ तो माँ ही होती है। लगता है, आज भी उनका साया पूरे घर में समाया हुआ है। हमेशा हमारा भला मनाती रहीं, हमें आशीर्वाद देती रहीं। अच्छा, मैं चलती हूँ।"

मुकुंद ने बाँस की अलगनी से चादर उठाकर कंधे पर रखी। कमरे के एक कोने में पड़ा शाल के पत्तों का छाता लिया। अब वह दत्त के घर गृहदेवता की पूजा कराने जाएगा। मुकुंद के पुरखों को दामिन्या में बसाने के लिए दत्त कुल के पुरखे वीरदिगर दत्त ले आए थे। उन्होंने मुकुंद के पुरखों को जमीन भी दीं। फिर उनके दादा ने और भी जमीन खरीदी। और गोपीनाथ नंदी के पिता तालुकदार भूषणचंद्र नंदी की बात भी कैसे भुलाई जा सकती है ? मुकुंद के पिता को उन्होंने एक बारगी पाँच बीघे जमीन दान कर दी।

अच्छी, उपजाऊ जमीन। उस जमीन पर मुकुंद हर साल शालि धान उपजाता है। धान, कुम्हड़ा, लौकी, तोरी, करैला, दाल-कुछ भी खरीदना नहीं पड़ता।

ब्राह्मण को गाँव में बसाकर, जमीन-मकान देकर वीरदिगर दत्त ने कहा था, "पंडितजी, दामिन्या छोड़कर कहीं मत जाना। सभी जातियों को दामिन्या में बसाकर इसे सजा दूँ, यह मेरी बहुत पुरानी इच्छा है। कुम्हारों को भी लाकर मैंने दामिन्या में बसाया, वर्ना आन गाँव जाना पड़ता था। तुम रहोगे तो धीरे-धीरे और ब्राह्मण भी आएँगे। ब्राह्मणों का एक मोहल्ला ही बस जाएगा एक दिन।"

तभी से मुकुंद के परिवार के लोग दत्त परिवार के गृहदेवता की पूजा कराते आए हैं। वह अष्टधातु की अत्यंत सुंदर कृष्ण की मूर्ति है। पूजा का कमरा भी बहुत सुंदर है। दत्त के पूर्वजों ने ईंट पका कर पक्का घर बनाया था, झील के किनारे पक्का घाट बनवाया था। एक साल भयंकर सूखा पड़ा तो वीरदिगर के पुत्र दिगंबर के स्वप्न में प्रकट होकर उनके गृहदेवता ने कहा—"दिगंबर ! पानी दे, दामिन्या को पानी दे। पानी के लिए दामिन्या हाहाकार कर रहा है।"

दामिन्या के ग्रामदेवता शिव के मंदिर के रास्ते में दिगंबर द्वारा खुदवाया तालाब अब सारे गाँव की प्यास मिटाता है। तालाब के तल में एक वृहदाकार कुआँ है। वर्षा के पानी का इंतजार नहीं है इस तालाब को। पूरे साल उसमें लबालब पानी भरा रहता है। उसके तीन ओर आम, कटहल और इमली के पेड़ हैं। एक ओर घाट है। बचपन में मुकुंद ने अपने समवयस्क मित्रों के साथ कितने ही कच्चे आम, कितने ही कटहल और इमलियाँ इन सभी पेड़ों पर से तोड़े थे।

अब उन्हीं में से एक बलराम मुकुंद का हलवाहा है और उसका बेटा हलधर उसका चरवाहा है।

मुकुंद बाहर आया। जीवन बड़ा एकरस हो गया है। अपने गृहदेवता की पूजा, फिर दत्त परिवार के गृहदेवता और दूसरे देवताओं की पूजा, खेत में जाकर जरूरी बंदोबस्त करना। यही उसका जीवन है। रोटी-दाल के वृत्त में घिरा हुआ जीवन।

माँ जब जीवित थीं तो वह कभी-कभी माँ से कहता था, "ऐसे कुल में मेरे जैसा पुत्र हुआ ! मैं कुछ कर न सका।"

उसकी माँ देवकी कहतीं, "तुझे क्या दुःख है, बेटा ?"

"माँ, मेरी बड़ी इच्छा है कि मैं कुछ लिखूँ, पर..."

"समय आएगा तो तेरी यह इच्छा भी पूरी होगी।"

"इतना पढ़-लिखकर क्या किया मैंने ? क्या बेटा अपने ताऊ, पिता, दादा, पड़दादा की कीर्ति पर ही गर्व करेगा ?"

"मुझे तो तुम पर गर्व है, बेटा।"

"किस बात का गर्व, माँ ?"

"तू अभी नहीं समझेगा।"

माँ गहरी साँस लेतीं।

जानता है। मुकुंद जानता है। माँ इसी बात से निश्चिंत हैं कि लड़के ने नाना शास्त्रों का अध्ययन किया है, लोग विद्वान मानकर उसका सम्मान करते हैं। वह घर में है, घर-गृहस्थी है। बस ! मगर मन के भीतर जो एक और मन है वह मुकुंद को रह-रह कर काँटे चुभोता है।

जब वह वंशकारिका (वंश-वृत्त) देखता है।

गांई कयाड़ी, राढ़ी श्रेणी, सावर्ण गोत्र।

पितामह जगन्नाथ 'महामिश्र'। पंडित और शास्त्रज्ञ जगन्नाथ गोपालजी की आराधना में डूबे रहते थे। जगन्नाथ जरा भी विषयासक्त न थे। वस्तुतः मुकुंद के पूर्वज सांसारिक विषय-दासना से दूर थे।

प्रपितामह माधव ओझा जब किसी राज्य में धर्माधिकारी थे, तब निश्चय ही वे विद्वान और न्यायज्ञ रहे होंगे। क्यों उन्होंने कर्णपुर का परित्याग किया, किस प्रकार वीरदिगर दत्त को उनका पता चला, कब दत्त महाशय ने दामिन्या में लाकर बसाया, यह सब कुछ भी मुकुंद को नहीं मालूम।

पिता हृदयचंद्र भी अपने पांडित्य के कारण 'गुणीराज मिश्र' नाम से विख्यात थे। पिता की भी मुकुंद को बहुत कम याद है। माँ के कमरे में ताक पर उनका जो लकड़ी के खड़ाऊँ का जोड़ा पड़ा हुआ था, उसे देखकर तो लगता है, वे काफी लंबे-चौड़े थे। माँ बताती हैं, वे सिर झुकाकर कमरे में घुसते थे, वर्ना माथा चौखट से टकरा जाता। मुकुंद को पिता की कम याद इसलिए है कि जब वह पैदा हुआ तो उसका बड़ा भाई उससे काफी बड़ा था।

वह देवकी के बुढ़ापे की संतान था। पैदा होने के बाद भी कितने ही दिनों तक

लगता ही न था कि वह जिंदा बचेगा। बहुत पतला था, आवाज एकदम मरी-मरी, माँ का दूध पीने में ही उसकी साँस उखड़ जाती थी। कभी पेट नहीं भरता था, इसलिए हमेशा रें-रें करता रहता था। देवकी उसे गोद में लिए रोती रहती थीं।

आखिर एक दिन मुँह बोली बुआ, ब्रह्मकेशव मिश्र की बड़ी बहू, आ खड़ी हुईं। कई संतानों की माँ थीं। सभी संतानें जीवित थीं। उन्होंने आकर व्यवस्था की तथा कहा कि बकरी के दूध में पानी मिलाकर रूई के फाहे से पिलाओ। थोड़ा-थोड़ा करके दिन में बीस बार पिलाओ।

कविराज के घर से तेल लाकर छह महीने तक वे मुकुंद की देह की मालिश करती रहीं। आँखों में काजल, माथे पर काजल का टीका लगातीं। मनसा के पत्तों से निकाले गए घी से काजल बनातीं और बच्चे के पतले होंठों को टीप कर कहतीं, "बहूजी, तुमने तो, लगता है, इस बच्चे के अलावा सारी दुनिया को भुला दिया है।"

देवकी, "जी हाँ, सचमुच।"

देवकी की प्रथम संतान लड़का था। उसकी पीठ पर कई बच्चे हुए, पर सौरी में ही भगवान को प्यारे हो गए। जिस उम्र में औरत घर के काम-धंधों से छुट्टी पा लेती है, सास बनती है, बहू घर में आती है, इसी तीस वर्ष की उम्र में मुकुंद गोद में आया।

कथरी, कजरौटा, सितुही—सब जब बेकार होकर एक कोने में डाल दिए जाते हैं, तब एक बार फ़िर उनकी जरूरत आन पड़ी।

देवकी कहतीं, "मेरी किस्मत में क्या-क्या लिखा है, दीदी ? तुम्हारे जैसी ननद पा गई, यही मेरे लिए बहुत है।"

गाँवों में तो सभी से सभी का कोई न कोई रिश्ता होता है। कोई बुआ है, तो कोई ताई; कोई जेठानी है, तो कोई देवरानी; कोई भैया है, तो कोई काका।

इसी तरह की बुआ थीं ब्रह्मकेशव मिश्र की बड़ी बहू।

बुआ ने कहा, "देखना, यही लड़का तुम्हारा नाम बढ़ाएगा। विद्वानों का वंश है, विद्वानों का घर है तुम्हारा।"

"हाँ, पर मैं चाहती हूँ, यह संसारी बने। अपने पुरखों की तरह संन्यासी न बने।"

"बड़े लड़के की शादी कर डालो।"

"तुम्हारे भैया कहते हैं, अभी उसके ग्रह अच्छे नहीं हैं।"

"तो ग्रहों का दोष कब कटेगा ?"

"जब वह बीस बरस का होगा। उसके पहले ब्याह किया गया तो...तो लड़का घर छोड़कर चला जाएगा।"

मगर वह लड़का तो ग्रहदोष करने के पहले ही घर छोड़ गया। मेधावी, पढ़ाकू और

विद्वान बड़े लड़के ने श्लोक लिखना शुरू किया। उसके श्लोक सुनकर चारों ओर धन्य-धन्य का शोर मच गया। नवदीप गया तो उसे बड़ी ख्याति मिली, मान-आदर मिला, 'कविचंद्र' की उपाधि मिली। इसके बाद वह त्रिवेणी चला गया।

फिर कभी वह लौटा ही नहीं। कवि का यश उसे एक नगर से दूसरे नगर घुमाता रहा। मुकुंद को आज भी नहीं मालूम कि उसके बड़े भाई जीवित भी हैं या नहीं।

देवकी कहतीं, "वह जरूर संन्यासी हो गया होगा। उसे संन्यास-योग था, तेरे पिता कहते न थे ?"

बुआजी ने कहा, "निमाई ठाकुर* ने संन्यास की ऐसी हवा चलाई कि कितने ही युवक संन्यासी होकर, घर-बार छोड़कर निकल गए, आज भी जा रहे हैं।"

देवकी ने म्लान हँसी के साथ कहा, "हाँ दीदी, घर-घर में शचीमाता का निवास है।"

मुकुंद के लिए नीम की लकड़ी की पिटारी, नीम की ही पट्टियों में बँधी सैंकड़ों पुस्तकें छोड़कर पिता परलोक गए।

इसीलिए देवकी ने मुकुंद के पाँवों में बेड़ी डाल दी। आठ साल की उम्र में जनेऊ और बारह साल की उम्र में ब्याह कर दिया। गृहदेवता और दत्त के घर के देवताओं की पूजा करना, कभी-कभी बलराम के दादा जटाई के साथ खेतों पर जाना। धीरे-धीरे खेती-बाड़ी के कामों के साथ घर-गिरस्ती की जिम्मेदारियों में देवकी ने उसे जकड़ दिया।

मुकुंद पूरी तरह जकड़ गया।

कभी-कभी उसे यह सब बंधन जैसा लगता। पर अभी तो वर्तमान जमीन के दैनंदिन कार्यों के अलावा अन्य किसी जीवन के बारे में वह सोच भी नहीं सकता था। पत्नी और बेटा-बेटी—यही उसकी दुनिया थी। माँ बच्चों का नाम रख गई थीं—शिवराम और चित्रलेखा।

मुकुंद ने कहा था, "माँ, तुमने लड़के का नाम शिवराम रखा, वह 'शीबू' हो गया, कोई हर्ज नहीं, पर पुतली जैसी इन नन्हीं सी बच्ची का ऐसा भड़कीला नाम 'चित्रलेखा' क्यों रख दिया ?"

"तुम उस दिन जो पोथी पढ़ रहे थे न, उसी में यह नाम था। सुना तो लगा, कैसा जड़ाऊ गहने जैसा नाम है।"

"क्या कहकर पुकारोगी ?"

माँ ने रुई की बत्तियाँ बनाते-बनाते कहा, "भरे आश्विन मास में पैदा हुई है। इस बार शिउली के नए पेड़ पर फूल आए हैं। उसे शिउली कहकर पुकारूँगी।"

रात में मुकुंद अपने पुरखों के ग्रंथ लेकर बैठ जाता। कितनी-कितनी पढ़ाई की

---

* चैतन्य महाप्रभु को निमाई या निमाई चाँद कहते थे। बाद में उनकी प्रसिद्धि निमाई ठाकुर नाम से हुई।

मुकुंद ने ! पुस्तकें संस्कृत की थीं। जमीन-जायदात के बारे में उसे डीहीदार और सरिश्तेदार के वहाँ जाना पड़ता था। फारसी जाने बिना काम न चलता था। वह मन-ही-मन सोचता--अर्जित विद्या किसी काम में न लगाई जाए, यह कैसे हो सकता है।

बीच-बीच में ताड़पत्र पर कुछ लिखता।

पत्नी हँसकर पूछती, ''क्या कर रहे हो ? लिखने का खेल कर रहे हो क्या ?''

''जब भी कुछ मन में उठता है, लिखकर रख देता हूँ।''

''मैं क्या जानूँ ? देखूँ भी तो कुछ समझ न सकूँगी।''

''ये सब पुस्तकें कितनी मूल्यवान हैं, जानती हो ? सात राजाओं के ऐश्वर्य के बराबर कह सकती हो।''

''हाँ, यह तो है।''

''एक दिन शीबू भी ये किताबें पढ़ेगा।''

यही सब सोचता हुआ मुकुंद चला जा रहा था कि कुछ आहट पाकर वह खड़ा हो गया। इस तरह कौन बिसूर रहा है ? किसी बालिका के महीन गले से निकला है यह रुदन।

एक बड़े से पीतल के कलश में पानी भरकर एक बालिका ला रही थी। वह बनिया-बहू अहना थी।

मुकुंद रास्ता छोड़कर एक किनारे खड़ा हो गया। नहीं, बालिका नहीं है। चौदह वर्ष की लड़की को कोई बालिका नहीं कहता। इस उम्र में तो लड़कियाँ माँ बन जाती हैं।

मगर अहना जैसे सूख गई है, सिकुड़कर छोटी हो गई है। रूखे-सूखे बाल जैसे झंखाड़ हो गए हैं। दोनों हाथों में शंख की चूड़ियाँ और बाईं कलाई में लोहे की चूड़ी। कान और गले में कोई गहना नहीं। आँखों में आँसू और चेहरे पर कातरता। आश्चर्यजनक रूप से सुंदर और बड़ी-बड़ी आँखें जैसे अथाह वेदना से भरपूर !

पीतल का कलश, जो वह लेकर जा रही थी, अहना के ही वजन का था।

अहना के पीछे-पीछे उसकी बुआ आ रही थीं। एक बार फिर मुकुंद रास्ता छोड़कर एक किनारे हो गया। दोनों स्त्रियाँ चली गईं, पर मुकुंद के मन पर एक रेखाचित्र-सा आँक गईं। यह चित्र कभी धूमिल नहीं होगा, कभी पोंछा नहीं जा सकेगा। पत्थर की लकीर की तरह अमिट रहेगा। मुकुंद ने अपने अंतरतम के चारों ओर पत्थरों की एक चारदीवारी बना रखी थी।

इसीलिए एक ओर वह अहना का आर्तनाद सुनकर आहत होता था, व्यथा पाता था; दूसरी ओर अपनी पत्नी से कह पाता था--दूसरे के घर में क्या हो रहा है, उसे

सुनती ही क्यों हो ?

मगर आज जैसे अंतरतम के चारों ओर खींची गई पत्थर की चारदीवारी धसक रही है, पत्थर का भी सीना जैसे फट जाना चाहता है। छाती में आँसुओं का ज्वार-सा उफन रहा है।

मन ने कहा—माँ रे ! तू तो निष्कलंक देवकन्या है। तू मनुष्य के हाथों इस तरह लाँछित हो रही है !

मगर मुँह से कोई आवाज न निकली।

अहना ने एकाएक आँखें ऊपर उठाईं और मुकुंद की आँखों में झाँका। अहना जैसे प्रेतबाधाग्रस्त हो। आँखें खुली थीं, पर मुकुंद को वह देख नहीं पा रही थी। अहना की गोरी बाँहों और पीठ पर काली-काली कितनी ही साटें पड़ी हुई थीं। ये काले दाग जैसे मुकुंद से कह गए—इस दामिन्य गाँव में एक भी आदमी नहीं है। अगर होता इस स्त्री के उत्पीड़न का प्रतिकार जरूर करता।

अहना चली गई।

मुकुंद की आँखें जलने लगीं, फिर आँसुओं में डूब गईं। अहना ! एकाधिक ब्याह करना इस देश की प्रथा है। स्त्री संतानोंवाली हो या बाँझ पति उसकी सौत जरूर लाता है। मगर उस आर्त बालिका की विह्वल आँखें कह गईं—मगर यह प्रथा कितनी निष्ठुर है, कितनी जघन्य है !

फिर भी जो हुआ था, ऐसा कुछ न था, जो हर दिन, हर घर में न होता हो।

दूध-भात खिलाकर, प्यार से पाल-पोसकर बड़ी करके अहना के घरवालों ने बड़े आराम से उसे सौतवाले घर में ब्याह दिया। समाज में ऐसा तो होता ही रहता है। यही रीति है।

ऐसी अहनाओं को सौतें मारती-पीटती ही हैं, कष्ट देती ही हैं। कभी सौत मारती है, तो कभी सास, तो कभी ननद।

अहनाएँ कभी पानी में छलाँग लगाकर मरती हैं, कभी फाँसी लगाकर, तो कभी विष खाकर।

सभी छीः-छीः करते हैं। आत्महत्या महापाप है। इसीलिए आत्महत्या करने वाली स्त्री के ससुरालवालों को प्रायश्चित करना होता है।

यही तो लोकाचार है, यही तो चला आ रहा है।

पैंसठ साल का पितुल ठाकुर नौ साल की कुसुंबिनी से ब्याह रचा सकता है और ग्यारह साल की होते न होते कुसुंबिनी सफेद साड़ी पहनकर अपने पिता के घर लौट जा सकती है।

ऐसा तो होता ही है समाज में। मगर अहना की आँखों में जो विलाप था, दामिन्या गाँव में एक भी आदमी नहीं है।

क्या करे मुकुंद ?

गनपति पर उसे क्रोध आया। बाघिन के हाथों में बकरी के छौने को सौंपकर वह परदेश गया ही क्यों ?

मुकुंद ने गहरी साँस ली।

नीम तीता, करैला तीता; तीता माकाल* फल,
सबसे ज्यादा तीती कन्या, सौतिन के घर।

क्या यह कहावत अहना के माँ-बाप ने नहीं सुनी है ?

मुकुंद का मन सोचते-सोचते वास्तविकता के धरातल पर आ टिका। संभव हुआ तो वह अहना के मायके समाचार पठाएगा। उनकी लड़की है, उनसे जो बन पड़े, करें।

---

* एक प्रकार का अत्यंत कड़वा फल

दो

गनपति का परिवार बहुत छोटा है। बड़ी बहू कनका है, जिसका नैहर एक तरह से नहीं के बराबर है। छोटी बहू अहना है, जिसके नैहर में सभी हैं। अहना माँ-बाप की दुलारी है। उसकी कुंडली में दुर्योग था, इसीलिए चौदह साल की होने पर उसका ब्याह हुआ।

और बुआ हैं। बिंदुवासिनी नाम से कभी, किसी ने उन्हें नहीं पुकारा। वे हमेशा से आता कहकर पुकारी गईं। आता बुआ का कब ब्याह हुआ, कब से विधवा हुईं, इस बारे में सोचकर ही उनके मन में जहर भर उठता है।

वे गनपति की अपनी बुआ नहीं हैं। मगर गनपति की माँ बड़ी अद्‌भुत् महिला थीं, गंभीर और व्यक्तित्वान आता बुआ को वे ही ले आईं अपने घर।

आता बुआ कहतीं, "क्या कहूँ बच्चा ! लाते समय कैसी-कैसी बातें हुईं ? कहा गया—मेरे घर में कोई काम नहीं है। खाना और गलचौर करना। मौका मिला तो तीरथ घुमा लाऊँगी, जगन्नाथ के दरशन करवा दूँगी।"

पोखरे का घाट स्त्रियों की अड्‌डेबाजी की जगह होती है स्त्रियाँ एक-दूसरी की देह मे तेल लगातीं, कपड़े धोतीं और गप करतीं।

उनमें से एक ने आता बुआ से पूछा, "तो फिर किया तीरथ-दरसन ?"

"हाँ, रोज दरसन कर रही हूँ, बेटी। अभी भी कर रही हूँ। कथरी-चादर धोना, घर-दुआर साफ करना, धान उबालना, चिवड़ा कूटना, भूजा भूजना, सबको खिलाना और जब सूरज देवता पच्छिम में डूबने को हों तब खाना—यही मेरा रोज का तीरथ-दरसन है।"

"छोड़कर चली क्यों नहीं जातीं, बुआजी ?"

"कहाँ जाऊँ, तुम्हीं बताओ ?"

"किसी दिन अच्छी तरह सुनाकर निकल पड़ो। कौन तुम्हें रोक सकता है।"

"मगर बेटी, जाने के लिए कोई जगह भी तो हो। यह जिंदगानी तो इसी घर में खत्म होगी।"

"असल में, तुम्हें घरैतिन बनने का शौक है।"

"गना की माँ क्या जिंदा रहते रसोई घर छोड़ेगी ?"

लड़कियों ने एक-दूसरी की ओर देखा। सभी जानती हैं कि जिसके हाथ में रसोई घर है, वही मालकिन है, घरैतिन है।

"वे तो हमेशा जिंदा नहीं रहेंगी।"

"हाँ हो ! गना की माँ बड़ी चालाक है। गना की बहू कनका भी तो है घर में। भले ही उसकी उमर दस साल भी न हो, पर हर काम में उसे साथ रखती है गना की माँ। मैं क्या असली बुआ हूँ ? दासी बनाकर लाए थे, दासी। मरते समय भी दासी ही रहूँगी।"

"गना की बहू बड़ी करकसा है।"

इसके बाद किसकी बहू अपनी अपंग सास को आधा पेट खाना देती है, किसके घर में सौत है, किसने तैरना सिखाने के बहाने अपनी सौत को डुबो कर मार डाला, किसकी बहू ने पति को भेंड़ा बना रखा है आदि विषयों पर जमकर चर्चा हुई। आता बुआ कहतीं, "चलती हूँ, बच्चियों। जानती तो हो उस औरत को, मुँह से बिख झरता है।"

आता बुआ जो कुछ कहती हैं, उसमें न सब झूठ है, न सब सच ही है।

गनपति समेत तीन भाई, चार बहिन हैं। लड़कियाँ अपनी-अपनी ससुराल में हैं।

गनपति के पिता काफी साल पहले परलोकवासी हो चुके हैं। घर को बनाया गनपति की माँ ने। उन्होंने ही गृहस्थी को सँभाला। इसीलिए दामिन्या के बनिया-समाज में कहा जाता है–गना की माँ औरत न होकर मर्द होतीं तो ज्यादा अच्छा होता।

आमतौर पर, समाज में जो नहीं होता, वह उन्होंने कर दिखाया। तीनों बेटों की शादी हो चुकी है। गनपति सबसे छोटा है, माँ का दुलारा। कबूतर उड़ाता है और नाव में सैर करता है।

यदुपति और श्रीपति इसी कारण असंतुष्ट रहते हैं। सारा इंतजाम माँ के हाथों में है। बड़ी बहू, मँझली बहू और छोटी बहू कनका माँ के इशारों पर चलती हैं।

कनका बहुत छोटी है, इसलिए माँ के साथ ही सोती है। दोनों बड़ी बहुओं को इससे जलन होती है।

माँ समय को पहचानती हैं। बनिए की लड़की हैं और बनिए की बहू। अब सुवर्णवणिकों वाले दिन नहीं रहे कि संदूक में सोना भरा होगा और राजा-रजवाड़े भी उनसे डरेंगे।

उन्होंने सुना है, कोई एक राजा था, जिसने सुवर्णवणिकों का दबदबा न सह पाने के कारण, उन पर बहुत अ़त्याचार किया था।

मगर वे भी कोई ऐरा-गैरा नहीं है। वीरदिगर बनिए की बेटी हैं। सोना भले ही न हो, पर नाव में लादकर अनेक जिन्सों की सौदागरी करते अपने पिता को देखा है उन्होंने।

उन्होंने एक दिन अपने बड़े और मँझले बेटों को बुलाकर कहा, "खाएँ या न

खाएँ, पर ऐसा झगड़ा नहीं होना चाहिए कि बाहर के लोगों को पता न चले। यदु ! तुम लोगों के कारण कुल का नाम धूल में मिला जा रहा है। बताओ तो, किस बात का इतना मलाल है तुम लोगों को ? गना तुम्हारा छोटा भाई है !"

दोनो भाइयों ने एक-दूसरे की तरफ देखा।

"दामिन्या की माटी पकड़े बैठे रहोगे तो यही होगा। यहाँ है क्या ? खेती करते हो, धान घर आता है। अच्छी फसल हुई तो थोड़ा-घना बेच लेते हो।"

"तुम क्या करने को कहती हो ?"

"अभी तुम्हारी उमर है, खटने की ताकत है, देह में। कहीं और जाकर देखो, कोई रोजगार हो सकता है या नहीं।"

बनिया-समाज के मुखिया का कहना था, "जहाँ चाह, वहाँ राह। करने से ही होता है। यदु की ससुराल सप्तग्राम है। श्रीपति की वर्धमान में। वे सब बड़े नगर हैं। सुनता हूँ, सैकड़ों दुकानें हैं वहाँ। कहा न—करने से सब होता है। मगर यदु की माँ से पूछो, वे किसके पास रहेंगी ?"

माँ ने यदुपति से कहलवाया, "इनकी गृहस्थी ठीक चल रही है, संतानें हैं और ससुराल में आना-जाना होता रहता है। गना की बहू की अभी माँ बनने की उमर नहीं हुई। मैं यहीं रहूँगी।"

"यदुपति, माँ से कहो, वे गनपति के भरोसे न रहें, वह तो भरोसे-लायक है ही नहीं।"

"इसीलिए उसे मेरी जरूरत है।"

इस तरह सब ठीक हो गया। ध्वजा-पूजा का त्यौहार बीतने पर यदुपति और श्रीपति, अपने परिवारों के साथ, सीधा-पिसान लेकर गाँव से चले गए। दामिन्या-सहित, आस-पास के दस गाँव काँप उठे। लेकिन ग्राम-प्रधान वसुभूति दत्त ने कहा, "यदुपति और श्रीपति ने ठीक किया। वर्धमान, सप्तग्राम—सब संपन्न इलाके हैं। वर्धमान तो बादशाही सड़क के किनारे बसा है। लोगों का आना-जाना लगा रहता है। खरीद-बिक्री चलती रहती है। लोग हिम्मत ही नहीं करते। हिम्मत करके निकलें तो काम क्यों न होगा ? मैं कहता हूँ—उनका भला होगा, तरक्की होगी।"

इसके बावजूद सभी ने गनपति की माँ के नाम थू-थू किया। वे गाँव के शिव-मंदिर में गले में फँसरी लगाए पड़ी रहतीं। देवता से कहतीं, "भगवान ! मैं गनपति के प्रेम में अंधी हो गई हूँ ! मुझे क्षमा करो। गना को संतान दो, प्रभु। मैं उसे देखकर मरूँ।"

घाट पर भी नहीं जा सकती थीं। उन्हें देखते ही औरतें उन्हें छेंककर खड़ी हो जातीं।

"दीदी, कैसे तुम यह काम कर सकी ? मैं तो अपने बच्चों को आँख की ओट भी नहीं होने देती ?"

कोई कहती, "और इतनी दूर पठा दिया। मान लो, फिर कभी मुलाकात ही न हो।"

जब असहाय हो जाता तो वह किसी-किसी को जवाब दे बैठतीं, "सुनो, तुम्हारी सास जब मरी, तब क्या कोई बेटा था घर में ? हुई किसी से मुलाकात ?"

"उन्हें तो अचानक साँप ने डस लिया था।"

"फिर भी, मुलाकात तो नहीं हुई न।"

करंजाक्ष बनिए की माँ ने कहा, "अब जो भी कहो तुम, गना की माँ, पर यह काम तो अच्छा नहीं हुआ ?"

"तो सुनो, बताती हूँ। यहाँ रहने से यदु और शिरी पर आफत आती। यहाँ रहने में ग्रहदोष था।"

"ऐसा, हमें तो नहीं मालुम ?"

"मुकुंद पंडित के काका, आचार्य की बनाई कुंडली है। तुम लोग पढ़ सकती हो तो पढ़ लो।"

"तो बेटी, तुम ही कहाँ की विदुषी हो ? सभी क्या मुकुंद पंडित की माँ हो जाएँगी ?"

इसी तरह पाँचेक साल तब बनिया-मोहल्ला में नोंक-झोंक चलती रही, मगर एक समय आया जब दामिन्या के बनिया-मोहल्ला में सभी का मुँह बंद हो गया। क्योंकि उन पाँच वर्षों में ही यदुपति और श्रीपति, वर्धमान में रहते हुए, फौज को चावल बेचकर धनी हो गए। उनके पास जमीन-जायदात, मवेशी; घोड़ा, गाड़ी सब कुछ हो गया। दोतल्ला कच्चा मकान हो गया। दोनों ने फिर ब्याह किए। यदुपति की बड़ी लड़की के ब्याह में माँ गनपति को लेकर गईं और लौट आईं। सब कुछ देख-सुनकर उन्होंने बेटों से कहा, "दामिन्या में रहकर क्या यह सब हो सकता था ?"

"हाँ, वहाँ रहकर तो नहीं होता।" बेटों ने कहा।

"घर वापिस जाकर मैं सोने का बेलपत्र चढ़ाकर शिवजी की पूजा करूँगी।"

"मगर माँ ! गना के तो अभी भी बेटा नहीं हुआ।"

"क्या बताऊँ ? उसके हाथ में पाँच बेटे, तीन बेटियाँ तो साफ लिखी हुई हैं, पर..."

"उसका दूसरा ब्याह करो।"

"देखूँगी।"

गना की माँ के पुत्रों का भाग्य देखकर पड़ोसियों के मुँह पर प्रशंसा और मन में जलन तो थी ही, पर गना की बहू बाँझ है, यह कहने से उन्हें कौन रोक सकता था।

सभी कहते।

गना की माँ तक कहतीं।

"बाँझिन, कुलच्छनी ! मेरे घर को फूँकने आई थी तू ?"

सास की गालियाँ और गना के थप्पड़-घूँसे, यही था कनका का पावना।

कनका कभी-कभी चीख-चीखकर रोती। उस दिन पूरी दामिन्या में कनका की रुलाई सुनाई पड़ती।

आता बुआ घाट पर कनका को समझातीं, "तू ही भला सास के मुँह क्यों लगती है ? बेटे का ब्याह करती है माँ पोते-पोतियों के लिए। बेटा, न बेटी—बुढ़िया का जी नहीं जलेगा ?"

"अरे वाह रे, जी जलाने वाली ! तुम्हीं बताओ, कितने सालों से इस घर में खट रही हूँ ? किसने इस घर को सजा रखा है ?"

"खटेगी नहीं तो क्या करेगी ? तेरा ही घर है या किसी पराए का है ?"

"मगर मैं सौत बर्दाश्त नहीं करूँगी।"

"गना को तो इसी तरह टोना-टोटका करके तू बस में रख सकेगी ? वह ब्याह क्यों नहीं करता ?"

"करे, देखूँ कैसे करता है !"

"बाल-बच्चे नहीं होंगे तो गना का मन घर में कैसे टिकेगा ? न तू कोई बड़ी सुंदरी है। इतने दिनों तक इंतजार किया यही क्या कम है ? लगता है, तुझसे लगाव है उसे। हाँ, एक-दो बच्चे होते तो उसका मन लगता घर में।"

"मैं क्या मिट्टी का लोंदा हूँ या कि पेड़-पौदा ? मैं भी आदमी हूँ। जो कह रही हो, सब समझती हूँ, पर क्या करूँ, मन नहीं मानता।"

"मन को मनाने की कोशिश कर। तेरी सास तो चिंता-फिकिर में मरी जा रही है।"

"लाएगा भी तो दस साल की छोकरी। चार-पाँच बरस बीतने पर ही तो वह माँ बनने लायक होगी ?"

"क्या कहूँ, बेटी ! मगर एक बात है, अगर गना के बाल-बच्चे नहीं हुए तो गाँव से तुम्हारे खानदान का नाम उठ जाएगा। यदु हो या शिरी, उन्हें क्या पड़ी है कि गाँव में वापिस आएँ।

"देखो, भूषनो के मनसा-थान पर ढेला बाँध आई हूँ, कुछ महीने इंतजार करके देखती हूँ।"

"हाँ, देख लो।"

आता बुआ यह बात गना की माँ से कहने गईं तो बड़ी मुश्किल में फँस गईं। उन्होंने कहा, "मैंने लड़कों को बात चलाने को कह दिया है। तुम क्या समझती हो, इस बाँझिन की गोद भरेगी ? देवी-देवता, पीर-फकीर कोई कम मनौती नहीं की है बाँझिन ने। सभी को पूजा-पाठ का फल मिलता है, पर इसे नहीं मिला।"

"पता नहीं, क्यों हुआ ऐसा ?"

"देखो न, मेरी आँखों के सामने नाचती फिरती है। जिसके सात कुल में भी कोई नहीं है..."

"देखो, क्या होता है ?"

"गना कोई उद्योग क्यों नहीं करता ?"

उद्योग-व्यापार करना गना के स्वभाव में नहीं है। आजकल जमीन-जायदात की देख-भाल करता है। भूत की तरह खटता है और खाकर सो जाता है। अब दूसरा ब्याह कर लेना चाहिए, यह बात वह समझता है, पर कोई उत्साह मन में नहीं पाता।

अपने समवयस्कों से कहता है, "सौत के आते ही घर में झगड़ा-झँझट शुरू हो जाएगा। अशांति होगी।"

"झगड़ा करें तो धमका देना, बाप के घर भेज दूँगा। बस ठंड़ी हो जाएँगी।" दोस्त कहते।

"मगर कनका के मायके में तो कोई है ही नहीं ?"

"तब तो इतना मिजाज है, कोई होता तो पता नहीं क्या करती ? तुझे उसने अपने बस में कर लिया है। मोहनी डाल दी है।"

गनपति मुसकराता है। वश नहीं, अभ्यास। अभ्यस्त आराम का आश्वासन। धुले हुए कपड़े, तह की हुई चादर, साफ-सुथरा बिस्तर--ये सब बड़े आराम की चीजें हैं। पाँच-सात तरह के व्यंजन खाना बहुत अच्छा लगता है। और रात में कनका का पाँव दबाना बड़े आराम की चीज है।

"अपनी माँ के बारे में तो तुझे सोचना चाहिए ?" कोई मित्र कहता।

"भूषनों में ढेला बाँधकर आई है तेरी माँ, मैंने देखा है।" दूसरा बताता।

उस बँधे हुए ढेले ने किसकी क्या मनोकामना पूरी की, कौन जाने, पर कनका की गोद में संतान न आई।

कहते हैं गनपति की माँ इसी हताशा में एक दिन मर गईं। बीमार पड़ीं। काफी दिनों तक बिस्तर पर भी पड़ी रहीं।

मरने के पहले गना से बोलीं, "तूने ब्याह नहीं किया। पोते का मुँह देखे बिना ही जा रही हूँ। मरने के बाद परलोक में भी यह बात मुझे सालती रहेगी। मुझे शांति नहीं मिलेगी।"

यदुपति, श्रीपति और बनिया-समाज के सभी लोगों ने थू-थू किया।

बनियों की औरतों का कहना था, "दोष तो कनका का है। जानती है, वह बाँझ है। जानती है गना ब्याह न करें, बेटे का बाप न हो सके तो दामिन्या में गना के खानदान का नामो निशान मिट जाएगा, फिर भी उसने सौत लाने की कोई कोशिश न की ?"

एक औरत ने ताना मारा, "कपड़े देख धपाधप, घर देख झकाझक, उसे तो

सफाई का रोग है। घर में बच्चे-कच्चे वह बर्दाश्त ही नहीं कर सकती।"

कनका की छाती में जैसे किसी ने तीर मारा हो।

माँ का श्राद्ध समाप्त होने पर उसने एक दिन पति से कहा, "सुनो, यह गमी का साल बीतने दो। इसके बाद तुम्हें ब्याह करना होगा।"

"चुप कर तो। अब अगर दस ब्याह भी कर लूँ तो माँ बेचारी देखने से रही। जब माँ जिंदा थी, तब यह बात नहीं कह सकती थी ?"

"तो फिर तुमने ब्याह किया क्यों नहीं ?"

"भूल गई, ब्याह का नाम लेते ही तू छाती कूटने लगती थी, रो-रोकर आँचल भिगो डालती थी, झगड़ा करती थी ?"

कनका के कलेजे में एक हाहाकार उठकर ठहर गया। क्या गनपति नहीं समझता कि वह ऐसा क्यों करती थी ? मगर सौतें तो हर घर में हैं।

मगर क्या कनका बहुत दिनों से अकेली इस घर की मालकिन नहीं रही है ? क्या गनपति पर वह अपना एकाधिकार नहीं मानती ? संतानहीन औरतें क्या करें, अगर पति को भी जकड़े न रहें ?

कहीं ऐसा तो नहीं है कि इस तरह के प्यार से पति को अरुचि हो गई हो ?

गनपति ने कहा, "मेरा बिछौना माँ के कमरे में लगा देना।"

"यहाँ नहीं सोओगे ? न हो, बीच में लोहा रख लेना ?"

"नहीं, कम-से-कम एक साल तक नहीं। माँ ने मेरे लिए भैया लोगों को छोड़ दिया। बदले में मुझे भी तो कुछ करना चाहिए ?"

"ठीक है। ऐसा ही होगा।"

"घर में मेरा मन नहीं लग रहा। सब-कुछ जैसे उदास, सूना, खाँ-खाँ कर रहा है। एक साल की गमी में घर में सोना जरूरी है, तो सोऊँगा, मगर भैया लोगों से बात हो गई है, मैं भी..."

"क्या करोगे ?"

"वही, जो वे करते हैं। एक हाट में खरीदना, दूसरे में बेचना।"

"तुमसे इतनी मेहनत पार लगेगी ?"

"लगेगी क्यों नहीं ? मेहनत करना होगा तो करूँगा। कम-से-कम मन तो चंगा रहेगा। यहाँ-वहाँ घूमूँगा। दस लोगों से मिलना-जुलना होगा।...घर में रहूँगा तो पागल हो जाऊँगा।

"जो कहोगे, वही करूँगी, पर मेरी भी एक बात रखनी होगी।"

"जा, बँसवाड़ी से जाकर कह, जो कहना है।"

"मुझसे इतनी घिन ?"

"माफी कब तक दे आदमी ? तेरी छाया देखकर भी मन खराब हो जाता है। माँ के जिंदा रहते माँ की इच्छा पूरन नहीं कर सका, तेरे कारन ही।"

दामिन्या का बनिया-समाज बड़ा खुश होकर देख रहा था कि कनका का घमंड चूर-चूर हो गया है। अब उसकी आवाज भी नहीं सुनाई पड़ती। पति को लेकर जो गर्व था, वह भी खत्म हो गया था।

बनिया मोहल्ला की सरस्वती कनका की सखी है। एक दिन उसने कनका से कहा, "जैसा तू चाहती थी, वैसा ही हुआ। सास गई, अब तू और सखा। तेरी तो मौज ही मौज है।"

सुनकर कनका की आँखों से झर-झर आँसू चूने लगे।

"आँचल में गिरह बाँधकर भी उन्हें बाँध नहीं पाई, सखी।"

"क्यों, क्या हुआ ?"

"आजकल तो मैं उनके आँख की किरकिरी हो गई हूँ।"

"देख सखी, तू ही सोच ! सखा निहायत भलेमानुस हैं। कोई और मरद होता तो अब तक दूसरा ब्याह कर लेता। अब तक बाल-बच्चे घर में खेलते।"

"मगर वह होती असली, मैं हो जाती नकली।"

सरस्वती और लक्ष्मी सौतें है। सरस्वती हमेशा कनका को देखते ही खिल जाती है। लक्ष्मी वैसा नहीं करती। आज वही सरस्वती, घड़ा माँजते-माँजते धीमे सुर में बोली, "ऐसा ही होता है। तू क्या इसी डर से मरी जा रही है ? तो देख सखी, तुझे तो अब अकेले ही रहना है। हो सकता है साल-डेढ़ साल सखा पास में ही व्यौपार करें। मगर बाद में तो वे दूर जाएँगे ही।"

"घर छोड़कर ?"

"घर का मोह होता है घर में आदमियों के कारन। उनका यहाँ है ही कौन ? तू, आता बुआ और तेरा दमकता घर, तेरे चमकते बरतन और तेरा चिकना दुआर ! घर का मोह होता है, जब घर के दरवाजे पर बच्चे-कच्चे खेलते हैं, तोड़-फोड़ करके माँ की जान हलकान करते हैं। वह सब तो कुछ भी नहीं। सखा आखिर किस सुख के लिए घर में रहें ?"

"तो क्या वे चले जाएँगे ? बोलो सखी ?"

"मरद जात हैं। अगर मन उचट गया तो जा भी सकते हैं, नई गृहस्थी बसा सकते हैं।"

"माँ कितना कहती थीं..."

"वह भी बहुत जल-भुनकर गई हैं। वह भी तो तेरे ही कारण।"

"सखी !" कनका की आवाज कठोर हो गई।

"गुस्सा करेगी ? गाली देगी ? दे न। बस इतनी ही तो ताकत रह गई है तुझमें।"

कनका समझ गई, सखी का भी मन अब उसकी ओर से खट्टा हो रहा है। उसने कहा, "तुम सब जैसा सोचती हो, मैं वैसी नहीं हूँ रे !"

"अब चलती हूँ, सखी। आज रसोई करने की पारी मेरी है। बहुत काम पड़ा है।"

"नहीं सखी, एक बात मेरी भी सुनती जा। गमी का एक साल बीतते ही घर में सौत न लाई तो मेरा नाम कनका नहीं। मेरे दरवाजे पर भी बाल-बच्चे खेलेंगे, उनकी कथरियाँ सूखेंगी। गिरस्ती झिलमिल करेगी।"

"देखना, अपनी बातें याद रखना।"

सरस्वती ने मुसकराकर कहा और चली गई।

कनका ने मन-ही-मन कहा—मेरी पत रखना, भगवान ! सिर्फ वर्धमान में ही क्यों, दामिन्या में भी मेरे ससुर का वंश चले। मुझे क्यों बाँझ रखा ? इसमें, तुम्हारी क्या मंशा है, यह तो तुम्हीं जानो, मगर मुझे और पाप का भागी न बनाना। मैं पति का दूसरा ब्याह जरूर करूँगी। मुझे बल दो।"

गमी के बरस भर कनका के कमरे में आता बुआ सोती थीं।

जितने दिन कनका की सास जिंदा रहीं, बुआ का बिस्तर उन्हीं के कमरे में लगता था !

एक दिन आता बुआ कनका से बोलीं, "बहू ! यह मैं क्या सुन रही हूँ ?"

बुआजी की बाँछें खिली हुई थीं।

"क्या सुना है ?"

"सरस्वती कह रही थी कि तुमने सौत लाने को कहा है ? बड़ी खुशी हुई सुनकर ! यह हुई न बड़े घरों की औरतों जैसी बात !"

"कब कही यह बात सरस्वती ने ?"

"वह तो सबको पुकार कर सुना रही है ! कहती है—तुम लोगों ने अभी तक सखी को पहचाना न था। मैंने भी कहा—गना की दूसरी शादी बहू के कारन थोड़े ही रुकी हुई थी। उसने कब मना किया था ? हर काम अपने समय पर होता है। समय आएगा तो यह काम भी हो जाएगा।"

"बाप रे बाप ! तुम लोग कर क्या रही हो..."

"तो बच्ची बुरा क्या है इसमें ? गृहस्थी का मतलब ही संतान है।"

"समझ गई। अब जाकर सो जाओ।"

"चलो, इतने दिनों बाद तुम्हें अक्कल तो...मतलब गना का ब्याह होने पर यह घर सज उठेगा।"

"वो तो है ! और किसका घर ऐसा है, जिसे देखकर आँखें जुड़ा जाएँ ?"

"संतान ही सब कुछ है, बहू ! एक राजकुमारी थी। ब्याह हो गया था, पर संतान न थी। बेचारी बाँझ थी। बाप ने पूछा—बेटी, तेरा चेहरा कुम्हलाया हुआ क्यों है ? तुझे जो चाहिए, माँग ले।..."

"और राजकुमारी ने कहा था—पिताजी, मेरे आँचल में धूल तो डाल नहीं

सकोगे ! बाल-बच्चे धूल में खेलकर आते हैं और माँ की गोद में कूद पड़ते हैं। इस तरह माँ के आँचल में धूल पड़ती है।''

''अरे ! तुम तो जानती हो यह कहानी !''

''इस कहानी को सभी औरतें जानती हैं। बुआजी ! आपकी हिम्मत की बलिहारी कि यह कहानी मुझे सुनाने चली हो ?''

''बाप रे बाप ! पड़ गया न फफोला? तेरी इसी झटक-पटक और सफाई के रोग के कारन तू बाँझ की बाँझ रह गई।''

''बाँझ हूँ तो हूँ। किसी के बाप का क्या जाता है ? माँ ने तुम्हें बड़ा सिर चढ़ा लिया था। कल से तुम अपना बिस्तरा कहीं और लगाओ। इस कमरे में सोने की जरूरत नहीं है, समझ गई ?''

बुआ गुस्से में उसी रात अपनी चटाई-कथरी लेकर बाहर की दालान में जा पड़ीं।

और सवेरा होते ही गनपति से बोलीं, ''भंडार के पास मेरे लिए एक कमरा बना देना तो।''

''क्यों, क्या हुआ ?''

''ऐसे ही रे, होगा क्या ?''

''उस विषमुँही ने कुछ कहा क्या ?''

''अरे नहीं रे ! वह मेरी बेटी-समान है। मेरा बड़ा मान करती है।''

बुआ के लिए नया कमरा बना, नई चौकी आई, ऊँची सहन बनी।

कनका ने पूछा, ''यह क्या हो रहा है ? क्यों बेकार पैसा बर्बाद कर रहे हो ?''

''पैसा तुम्हारे बाप का नहीं है। और बुआजी ने माँ के लिए जो किया है...।''

''ठीक है, करो, जो करना है।''

गनपति के बाहर जाने के बाद कनका ने खूब रौला मचाया, बुआ को खरी-खोटी सुनाई; पर यह तो वह करती ही है। कोई नई बात नहीं। आता बुआ बेहद खुश। अपना निजी कमरा हो गया। चटाई-कथरी उठाए फिरने से फुरसत। खूब ऊँची सहन, जिस पर से पाँव लटकाकर आराम से बैठा जा सकता था। ताखे पर कंघी, तेल और दाँत की मिस्सी रखने की जगह।

जिंदगी मे पहली बार अपनी निजी जगह मिली। आहा ! अगर गना के बाल-बच्चे होते, तो उनसे बैठकर खूब बतियातीं बुआ। छड़ा* कहो या शोलक**—उन्हें क्या कम याद हैं।

यदुपति और श्रीपति के बच्चे आता बुआ के पास बैठकर कहानी सुनना खूब पसंद करते हैं।

---

*/**बाल गीत के छंदों के नाम

बाल-बच्चों के बिना भला कोई घर शोभा देता है ? चलो, इतने दिनों पर कनका को सुबुद्धि तो आई !

एक दिन कनका ने कहा, "बुआजी, तुम कमरे में आज गई ही नहीं ? बिछौना, चटाई धूप में डाली ही नहीं।"

बुआ ने गनपति को सुनाकर कहा, "उस कमरे में सोती नहीं, दरवाजे पर पाँव भी नहीं रखती। भंडार घर, दूध दुहना, कूटना-पीसना कितने काम हैं मेरे सिर। बखत कहाँ है ? अगर दरवाजे पर एक सूखा पत्ता भी पड़ा रह गया तो तुम मुझे कच्चा ही चबा जाओगी।"

"मैं क्या बैठी रहती हूँ ?"

"कहाँ तेरी उमर और कहाँ मेरी ? जानती है हम दोनों इतनी मेहनत कैसे कर पाती हैं ? हमारे बाल-बच्चे नहीं हुए न, इसीलिए।"

कनका ने कहा, "जरा इमली कूट लेना। बहुत कम रह गई है।"

"तू कहाँ जा रही है ?"

"लड़की देखने..."

कनका पायल झनकाती चली गई।

तीन

कनका इस घर—उस घर चक्कर लगा रही थी। देख-सुनकर अपनी सौत लाएगी, जो उसके कहे पर चले।

कनका उसके दूसरे ब्याह के लिए लड़की ढूँढ़ने में लगी हुई है, यह बात गनपति को दूसरे लोगों ने बताई। सभी कहते—कहना पड़ेगा, तुम्हारी औरत बड़ी भली है।

गनपति इसी से खुश ! कनका से बोला, "तुम देख रही हो, तो तुम्हीं देखो। छोटी सी लड़की को पाल-पोसकर बड़ी करने, घर के काम सिखाने की जिम्मेदारी तो तुम्हें ही उठानी होगी।"

"लड़का हो या लड़की—मैं ही पालूँगी।"

"हाँ, पालना। परलोक से माँ देखेगी तो तुम्हें आशीर्वाद देगी।"

"माँ की बरखी हो जाए।"

गनपति की माँ की बरखी (बरसी) बड़ी धूम-धाम से हुई। वर्धमान से दोनों बड़े भाई सपरिवार आए। घर जैसे भर उठा।

कनका का ऐसा नरम व्यवहार और कोमल आवाज पहले किसी ने सुनी-देखी न थी।

यदुपति की बहू ने आड़ में बुआ से पूछा, "बात क्या है, बुआजी ? यह रणचंडी आजकल कैसे छुई-मुई हो रही है ?"

बुआ ने परम संतोष के साथ कहा, "पाप का डर, और क्या ? गना ने ब्याह न किया तो दामिन्या में बंस का लोप हो जाएगा, यह बात दिमाग में अब घुसी है। आजकल खुद ही सौत ढूँढ़ने जाती है।"

"ऐसा ?"

"उसे जानती नहीं ? ऐसी सौत लाना चाहती है, जो उसके बस में रहे।"

"हम क्या लड़की नहीं ढूँढ़ सकते हैं, पर उसकी सौत जो लड़की बनेगी, उसे तो जलकर मरना पड़ेगा।"

"तुम्हें क्या पड़ी है ? तुम लोग तो परदेसी हो गए हो। देख-भाल तो कर पाओगी नहीं। उसे करने दो, जो उसका जी चाहे।"

बड़े भाइयों ने गनपति से कहा, "तुझे तो बहुत पहले ब्याह करना चाहिए था।

तेरी औरत बाँझ है और उसके डर से तू...''

''अब कर लूँगा।''

''तू भी तो अब व्यौपार के लिए निकलता ही है। बनियों के घर जाता ही है। कहीं न कहीं हिसाब-किताब जम ही जाएगा। हम भी देख रहे हैं। मगर तेरी औरत तो बड़ी करकसा है।''

''अब तुम्हीं लोगों का सहारा है, भाई। माँ के बाद मेरे सिर पर कोई छाया तो है नहीं।''

''माँ तो तेरे लिए ही यहाँ पड़ी रही। जब पहले-पहल हम परदेस गए तो बड़ा बुरा लगा। मगर माँ बड़ी ग्यानी थीं।''

''दामिन्या छोड़कर जाना अच्छा ही हुआ। तुम लोगों का रास्ता खुल गया। बड़े शहर में कितनी सुविधा है !''

''फौज है, छावनी है--वे सभी खरीदते और खाते हैं। बादशाही सड़क है। बैलगाड़ी पर माल भेजा जाता है।''

''दामिन्या में रहकर भी मैं समझ रहा हूँ कि अब माटी पकड़े रहने से काम नहीं चलेगा। माँ के रहते निकल नहीं सका। माँ को तो कुछ सूझता न था। एक पल के लिए आँख की ओट नहीं होने देती थी। पूछती--कहाँ गया ? कहाँ गया गना ?''

''और भी कुछ कहती थी ?''

''बस, अक्-बक् बकती थी ! कहती थी--उन्हें जाने को कह दिया, तुझे नहीं कहा ! तू बहुत दुख पाएगा। तुझे लेकर मैं रहूँगी...इसी तरह की बातें ! पोता-पोती को ढूँढ़ती थी। श्रीनंद गया नहीं...सावित्री देख, कान नहीं छिदाएगी, रो रही है--मँझली बहू, उन्हें आम्लाई नहीं दिया...तुम्हारे बच्चों को बहुत याद करती थी...''

''बाल-बच्चे नहीं है, ब्याह कर, बाल-बच्चे हों। देखना धीरे-धीरे सब भूल जाएगा।''

''तुम लोग आशिरवाद दो।''

''गना, तू त्रिनयनी जाना। चैत माह में वहाँ बूढ़े शिव का मेला लगता है, खूब खरीद-बिक्री होती है। किसान वहाँ पूजा चढ़ाने जाते हैं। नए बरतन और कपड़े खरीदते हैं। सुना है वहाँ बनियों ने ईंट पकाकर दालान बनवाई है।''

''तुमने पक्की ईंट का घर नहीं बनवाया ?''

''ईंटों के घर में क्या सुख है ? मिट्टी के घर और खर की छान--गरमी में ठंडे और जाड़े में गरम रहते हैं। माँ के नाम पर आगामी जेठ में पोखरा खुदवाएँगे। सिर्फ पीने का पानी लेंगे लोग। ऊँची कगार का बँधा बँधवाएँगे। पोखर में माँ के नाम बरतन का उतसर्ग करेंगे। पोखर की परतिष्ठा के समय आना जरूर।'''

''अच्छी बात है ! यहाँ भी तो...''

''हमारे दादाजी की झील से अभी भी सभी पानी लेते हैं। पानी कहो तो दामिन्या

का। ऐसा पानी वहाँ नहीं मिलता।''

भाई लोग चले गए तो गनपति को बड़ा अकेलापन महसूस हुआ।

कनका ने कहा, ''उदास क्यों होते हो ? वे लोग जल्दी ही फिर आएँगे। तुम्हारे ब्याह में सबको बुलाऊँगी।''

''पहले ब्याह तो तय हो।''

''निश्चय तय होगा; मेरा मन कहता है जल्दी ही तय हो जाएगा। लोग कहते हैं, तुम क्यों सौत ढूँढ रही हो ? मैं कहती हूँ—मुझे ही तो उसके साथ मिलकर अपनी गिरस्ती बसानी होगी, मैं नहीं ढूँढूँगी तो काम कैसे चलेगा ?''

''ठीक है। मैं निस्संतान हूँ, इसलिए भिखारी तक सवेरे-सवेरे मुँह फिराकर चले जाते हैं, यह अपमान अब और सहा नहीं जाता।''

कनका ने सपने में भी नहीं सोचा था कि गनपति, उसका भोला-भाला पति अपना ब्याह खुद तय कर आएगा।

मगर हुआ ऐसा ही।

कैसे हुआ, यह एक तरह से रूपकथा जैसा लगता है।

गनपति व्यापार करता है। वह सप्तग्राम, फूलिया, शांतिपुर से कपड़े लाकर हाट-हाट में बेचता है। कहाँ तो भागीरथी बहती है, कौन सा खागड़ा नामक नगर है, जहाँ से नाव पर लादकर व्यापारी काँसे के बर्तन लाते हैं। गनपति की बड़ी साध है कि पूँजी होने पर वह भी बर्तन का व्यापार करेगा। अच्छी किस्म के काँसे, पीतल और ताँबे के बर्तनों में बहुत मुनाफा है।

वह कपड़े बेचने ही गया था, त्रिनयनी के बूढ़े शिव के मेले में। खूब खरीद-बिक्री हुई थी। एक साथ इतना मुनाफा उसने पहले कभी नहीं कमाया था। कनका कैसे जानती कि उसी मेले में उसके मामा शचीपति आएँगे ? और दामाद को आग्रह करके अपने घर ले जाएँगे।

यह मामा, माँ के चचेरे भाई, त्रिनयनी में ही रहते हैं और मिर्चा-हल्दी-जीरा-मिरिच-कपूर आदि का अच्छा-खासा व्यापार करते हैं, यह बात कनका नहीं जानती थी।

औरत शादी के बाद घर के कामों में फँस जाती है। बाप के घर जाना कहाँ हो पाता है। जिस छोटी उम्र में ब्याह होता है, उसे देखते हुए आने वाले दस-बारह बरसों में मायके के घर-दुआर की तसवीर भी धुँधली पड़ जाती है। इस मामा की तो खोज-खबर कनका लेती ही न थी।

भाँजी के पति को मामा ने पाया तो लगा उनके हाथ चद्रमा लग गया। खिला-पिला कर, नई धोती चादर और कनका के लिए साड़ी उन्होंने गनपति को जैसे

वश में कर लिया। उसके बाद ही उन्होंने अहना की बात चलाई।

बारह बरस की हो गई, पर ब्याह नहीं कर पाए थे, क्योंकि ज्योतिषी ने मना किया था। ज्योतिषी भी कोई ऐसा-वैसा नहीं, रामाचार्य ज्योतिष शास्त्री। मुट्ठी भर कलदार ढीले करने पर तो दर्शन मिलता था। उनकी मनाही के कारण ही ब्याह नहीं किया, वर्ना रजस्वला कन्या को कौन घर में रखना चाहता है ? लड़की हजारों में एक है। मारो चाहे राखो—जवाब देना ही नहीं जनती। इस कच्ची उम्र में ही वह पलभर में सात व्यंजन पकाकर अतिथि-वतिथि और खानदान को खिला सकती है।

शचीपति की उस सोने की पुतली का हाथ कौन पकड़ेगा, इसी चिंता में वे जल रहे थे। एक तो ज्यादा उमर की लड़की का बाप होने की चिंता, दूसरे दुलारी बेटी को किस घर में डालकर वे निश्चिंत हों।

बातों के जाल में आदमी को फँसाना तो कोई त्रिनयनीवालों से सीखे। गनपति बेचारा सीधा-सादा आदमी। बातचीत की चतुराई और छल समझता न था। वह तो स्वभाव से ही गँवार था। बैल की तरह खट सकता था, राक्षस की तरह खा सकता था और अगर चिढ़ जाए तो पत्नी का गालियों और लात-जूतों से सत्कार कर सकता था।

और कुछ उसके वश का न था।

चाहे गणेश पूजा हो, चाहे ध्वजा पूजा—वह कभी बैठकर कथा नहीं सुनता था। हमेशा वह अपने को उदास और मित्रहीन महसूस करता।

''सभी के दिन फिरते है, मेरे ही क्यों नहीं फिरते ?''

''मैंने विश्वास करके कंबल खरीदे, कंबल के आसन खरीदे, पर मुझे ही ठग लिया ?''

''ज्योतिषी ने कहा था—पाँच बेटों के बाप बनोगे। मेरी ही किस्मत में बाँझ औरत लिखी थी ?''

गनपति ऐसे आदमी को पसंद करता था, जो उसकी हाँ में हाँ मिलाए, उसके लिए आह-ऊह ! करे।

कनका के मामा कोई कम न थे।

गनपति के मुँह से जो भी निकलता, उस पर हाय-हूय करके मामा ने दामाद का मन जीत लिया। वह खरीदारों को साथ लेकर गनपति की दूकान पर आने लगे। गनपति की खूब बिक्री होने लगी। गनपति निहाल।

ये सब बातें कनका ने बाद में अपने नौकर गदाधर उर्फ गदाई के मुँह से सुनीं। मेला खत्म होने पर दूकान बंद कराके कपड़े बाँध-बूँधकर शचीपति उसे अपने घर ले गए। गदाई भी उन्हीं के घर रहा, खाना-पीना किया, पर बातें तो उसके मालिक के साथ ही होती रहीं।

''तेरे मालिक को पानी-गमछा कौन देता था ?'' कनका ने पूछा।

"घर की बेटी अहना।"

"खाने को कौन देता था ?"

"घर की मालकिन रसोई पकाती थीं और बेटी थाली परोसती थी।"

"खाने के बाद पान-सुपाड़ी कौन देता था ?"

"बेटी।"

"घर-दुआर कैसा था ?"

"ईंट का मकान है, मालकिन। कटहल की लकड़ी का दरवाजा, हर कमरे में चौकी, बिछौना, बर्तन-बासन। खाट के नीचे भी बर्तन ही बर्तन। मालकिन की देह पर जितना गहना, उतना ही बेटी की देह पर।"

"लड़की देखने में...कैसी है ?"

"एकदम चाँद का टुकड़ा है। किरन फूटते ही मेरे सामने एक थाल चिउड़ा, केला और क्षीरखंड* परोस देती थी। और तुम्हारे बारे में बहुत बातें करती थी।"

"क्या कहती थी ?"

"पूछती थी—तुम देखने में कैसी हो ? क्या करती हो, गृहस्थी कैसे चलाती हो ?...कहती थी—बाबूजी, ले जाते तो मैं देख आती। जीवन में कभी कहीं नहीं गई। किसी रिश्तेदार को देखा तक नहीं। मेरी तो बुआ की लड़की हुईं न। क्यों ?"

"उसके माँ-बाप मेरे बारे में नहीं पूछते थे ?"

"सभी पूछते थे, सभी। कहते थे—त्रिनयनी के मेले में आते रहते हो, पर हम कैसे जानते तुम्हीं गनपति हो। सुना है, दामिन्या की जमीन-जायदात बेचकर तुम लोग कहाँ-कहाँ चले गए हो, तुम्हारी मामी तो कहती हैं, कनका एकदम कनका की पुतली जैसी थी। समाज में उसका जोड़ नहीं। जहाँ रहती है उसकी शोभा चारों ओर फैल जाती है। यही सब..."

कनका के बाप का घर उसके लिए, हो के भी नहीं के बराबर है। अपनी माँ अब इस लोक में नहीं है। सौतेली माँ का राज है। कनका, मनका और मल्लिका—तीनों बहनों का ब्याह करने के बाद दो-तीन बरस तो बाप ने खोज-खबर ली उसके बाद एकदम से भुला दिया।

उसकी सखियों के बाप-भाई आते। सास कनका को ताना मारती, "इस बाँझिन के तो बाप-भाई हो के भी नहीं के बराबर हैं। कुछ दिनों के लिए ले जाते तो भी थोड़ी शांति मिलती। यह कैसा जगन्नाथ पाथर हमारी छाती पर रख दिया, हे ईश्वर ! उनके मन में क्या था, कौन जाने।"

इसी कारण जब कनका को बताया गया कि उसके मामा-मामी उसके बारे में पूछ रहे थे तो उसे बड़ा अच्छा लगा। चलो, उसकी भी खोज-खबर लेने वाला कोई

---

*क्षीरखंड—एक तरह की मिठाई, जो मलाई से बनती है।

है। फिर बोली, भले ही माँ का सगा भाई नहीं है, फिर भी मामा तो है। मेरे ब्याह के समय भले न आ सका, पर रेशमी साड़ी और टसर की धोती भेजी तो थी। तुम लोगों की खातिरदारी तो पूरी की न ?"

"खूब ! अपना पोखरा है। रोज जाल-डाल कर मछली लाते और दामाद को मछली का मूँड़ा और खीर-पायस खिलाते थे।" गदाई ने बताया।

मगर वह खातिरदारी तो बिना स्वार्थ के न थी। उन्हीं दो-चार दिनों में मामा ने गनपति को अच्छी तरह समझा दिया कि वे अहना के लिए जैसे पति की कामना कर रहे थे, गनपति ठीक वैसा ही है। सौत है तो क्या ? बेचारी अकेली कनका की गर्दन पर पूरी गृहस्थी का बोझ है। अब दोनों बहनें मिलकर काम करेंगी तो कनका को आराम रहेगा। गनपति तो मरद जात है। काम के सिलसिले में उसे इधर-उधर जाना ही पड़ेगा।

तब दोनों घर में रहेंगी। बेचारी कनका कितने दिनों से अकेली गृहस्थी की गाड़ी खींच रही है। उसे भी तो थोड़ा आराम चाहिए। अहना को गनपति ने देखा। माँ ने उसे अच्छी शिक्षा दी है। पूरा बरस मंगल का व्रत रखती है। कलश बैठाकर बड़े मनोयोग से मंगला-चंडी की पूजा करती है। पूजा उसकी माँ ही करती है, पर पूरी व्यवस्था अहना करती है। और रसोई ? जिस दिन अहना के हाथ की बनी तीन-चार तरह की चीजें थाली में न हों, शचीपति कौर ही नहीं उठाते।

साल में चार बार अहना लक्ष्मी पूजा, शिवचतुर्दशी आदि व्रत करती है। उसका रूप तो गनपति ने खुद अपनी आँखों देखा। अब गनपति सोच कर देख ले। अहना के बेटा-बेटी होंगे। और कनका को कोई संतान नहीं हुई तो इसमें उस बेचारी का क्या दोष ? हो सकता है सौतेली माँ ने कोई दवा-दारू खिला दी हो ? कनका की विमाता तरह-तरह की दवाइयों की जानकारी रखती है, यह बात बनिया-समाज जानता ही है।

सब कुछ के बावजूद गनपति को कारोबार करके ही अपनी रोटी कमानी है। वह शचीपति का घर-संसार देख कर जा रहा है। त्रिनयनी, बेतुल, निशिंदापुर—तीन-तीन नगर-सरीखे बड़े-बड़े गाँवों में उसका कारोबार फैला है। जितनी धन-दौलत है उसके पास, उतनी ही उसकी जान-पहचान है। गनपति अगर इस घर में ब्याह कर लेता है तो उसे एक संरक्षक मिल जाएगा। बाप नहीं है, श्वसुर उसका अभिभावक हो जाएगा।

"ब्याह तो तुम्हें करना ही होगा। न लड़का, न लड़की। वंश चलाने वाला तो चाहिए ही। ब्याह करना ही है तो हमारी अहना से ही कर लो तो क्या बुराई है ? सुना है तुम काँसा-पीतल का व्यापार करना चाहते हो। मैं तुम्हें त्रिवेणी ले जाऊँगा। बर्तन-भाँडों की नाव पकड़वा दूँगा। इस उमर में अब मुझसे उतनी मेहनत नहीं होती। लड़का तो यहीं खूँटी गाड़ कर बैठ गया है। कहता है, तीन गाँवों का कारोबार ही

उससे नहीं सँभलता। एक ही लड़के से कारोबार नहीं हो पाता। चाहे खेती-बाड़ी हो, चाहे व्यवसाय, आदमी ज्यादा हों तभी काम आगे बढ़ता है। चार बेटे होते...''

''सच बात है।''

''और फिर बेटे और दामाद में फर्क ही क्या है, क्यों ?''

इसी तरह की तमाम बातों से गनपति आश्वस्त होता जाता है। पोखरे पर स्नान करने गया तो पानी में अपना चेहरा देखा। अच्छा-खासा मँझोले कद का बलिष्ठ आदमी दिखाई दिया पानी में। साँवला रंग, मोटी गझिन मूँछें। मोटे ओंठ, चौड़ी नाक, और छोटी-छोटी आँखें।

आँखों में भले ही चमक न हो, पर गनपति को अपना व्यक्तित्व अच्छा ही दिखा। मरद बच्चे का रूप कौन देखता है ? रूप-रंग, बाल, आँखें, मुँह, उँगलियाँ, पाँव तो औरतों के देखे जाते हैं। लड़की चाहे जैसी हो, गनपति उसके लिए उपयुक्त वर है।

ब्याह करो, बहू लाओ--इस बात की रट तो कनका ही लगाती रहती है। अहना को जितना देखा है, उससे गनपति उस पर पूरी तरह आसक्त है। धीमे बोलना, धीमे चलना, पूरी पीठ को ढँके हुए केश। आँखें जैसे हमेशा हिरनी की तरह चकित और बड़ी-बड़ी, स्वास्थ्य और देहयष्टि भी पुष्ट और भरी-भरी थी, कनका भी सुंदर थी, आज भी है। मगर पुरानी हो गई न ! शिशुहीन, आनंद विहीन घर। अहना पायल झनकारती पूरे घर में घूमती फिरेगी। हँसेगी, बातें करेगी। घर हँसने लगेगा, खुशियाँ छा जाएँगी।

गनपति ने एक तरह से ब्याह की हामी भर दी। गदाई से वह अपना मन खोलकर बातें करता है।

कहा, ''मामा की बेटी तो अच्छी है।''

''हाँ, लछिमी जैसी है।''

''मुझे भी ब्याह करना ही है।''

''हाँ, ब्याह तो आपको करना ही है।''

''तेरी मालकिन भी कहती रहती है, दूसरी बहू लाओ, घर की शोभा बढ़े।''

''और नहीं तो क्या ! वे तो सब समय यही बात कहती हैं।''

''बच्चे-कच्चे घर में न हों तो...''

''घर जैसे अँधेरा हुआ रहता है।''

''फिर यह तो मालकिन की बहिन ही है।''

''मालिक ! औरतें तो ऐसा बोलती ही हैं शुरू-शुरू में। मगर घर में सौत आने पर किच-किच भी करती हैं।''

''तू भी ऐसी बात कहता है ?''

''मालिक ! हम लोगों के घर एक औरत से काम नहीं चलता, दो की जरूरत पड़ती ही है। एक रसोई-पानी देखती है; दूसरी, बाल-बच्चों को गाय-बैलों को देखती

है। मैं तो तुम्हारे घर ही खाता हूँ। मगर जमीन है, खेती है परिवार भी काफी लंबा-चौड़ा है—चार भाई, छह बहुएँ, सत्रह ठो बाल-बच्चे..."

"झगड़ा नहीं होता ?"

"खूब होता है। माँ है न। सभी को पीटकर ठीक रखती है। काम का बँटवारा कर देती है। वही तो सब चीजों की देख-भाल करती है।"

"तू अब हल नहीं ठेल पाएगा।"

"हाँ अब नहीं होता। वह सब भाई देखते हैं। यहाँ खूब छक कर कुछ दिन खाया। ऐसी बड़ी मछलियाँ तो कभी जीभ तले नहीं आईं थीं।"

"तेरी नजर सिर्फ खाने पर टिकी रही ?"

"नहीं, व्योहार, बात-चीत सब अच्छा है। गुनी-मानी आदमी हैं। बाजार में कितनी इज्जत है !"

"घर लौटकर एक बार मुकुंद पंडित से जनम-पत्री दिखा लूँगा।"

"हम लोग उनके पास नहीं जाते।"

"तेरी पंडित तो तेगुना है। बड़ी जाग्रत पंडित हैं।"

"अरे बाप रे ! कितना जानती है ! मिट्टी में सिंदूर का गोला बनाकर ऐसी गिनती करती हैं कि सच-सच भाख देती है।"

"हाड़ी जात की है न !"

"उसका लोहा सब मानते हैं। मेरी छोकरी रात-दिन चौंकती थी और क्या रोती थी ! उन्होंने भसम दिया मंतर पढ़ कर। उसे ताबीज में डालकर छोकरी को पहना दिया। दो दिन में ठीक हो गई।"

"वह तो है ! अच्छा गदाई, क्या तेरी मालकिन मान जाएगी ?"

"ये लो ! मानेगी क्यों नहीं ? अपने तो बाँझिन है तो मरद दूसरी लाएगा नहीं ?"

जैसे-जैसे घर निकट आ रहा था, गनपति कनका को मनाने की बात सोच रहा था। उसे बड़ी दुश्चिंता हो रही थी। फिर सोचता—बेकार ही वह परेशान हो रहा है। संतान चाहिए उसे, संतान। गनपति भिखारी बाउल को पहली भिक्षा देना चाहता है। उसका मुँह घुमा कर चला जाना तीर की तरह उसकी छाती में करक रहा है।

निःसंतान के घर के कोई भिखारी दिन की पहली भीख नहीं लेता। पड़ोसी लोग प्रातःकाल मैदान जाते तो गनपति की ओर पीठ फेरकर टट्टी करने बैठते।

इस दुःसह सामाजिक अवज्ञा से गनपति मुक्त होना चाहता है। किसके लिए कारोबार करे वह ? किस आशा से ? कौन भोगेगा ? सब क्या भाई के बच्चों के खप्पर में गिरेगा ?"

कनका को यह बात समझनी ही होगी। उसी ने ब्याह की रट लगाकर गनपति के मन में ब्याह की आकांक्षा जगाई है।

चार

दामिन्या में अहना–पर्व की सूचना इसी तरह आई।

इस बार गनपति का सारा माल बिक गया था। कुछ भी नहीं लौटा था, कनका इसी से बहुत खुश थी। बाल-बच्चे थे नहीं; जो कुछ था, पति ही था। इसीलिए उसके न रहने पर कनका ने मछुआरिन से अच्छी मछली तक न खरीदी थी।

मछली का रसा और भुने हुए कतलों के बगैर तो पति खाना ही नहीं खाता था। जब वही खानेवाला न हो तो किसलिए कनका अच्छी मछलियाँ खरीदती। गदाई के छोकरे को बुलाकर पोखरी में छोटा जाल डलवाया और जो भी छोटी-मोटी मछलियाँ उसकी पकड़ में आ गईं, उन्हीं से काम चलाती रही। सधवा औरत ठहरी, साग-भात तो खाने से रही।

आता बुआ रिश्ते से तो बुआ थीं, पर दरअसल नौकरानी ही थीं। मगर जीभ खूब चलती थी उनकी।

"एक तो मुँझौंसे भगवान ने बेटा नहीं दिया। क्या पता पिछले जनम में कैसे करम किए थे तूने, बहू ? अगर तू गना के बाहर रहने पर मछली न खाए...मगर क्यों नहीं खाएगी ? मेरी तरह तू क्या विधवा है !"

आता बुआ हमेशा से भगवान का अन्याय देखती आई हैं। भगवान हैं ? नहीं, नहीं हैं। अगर हों भी तो आता बुआ के साथ उनकी घोर शत्रुता है। वर्ना एक बूढ़े को बेटी सौंपकर बाप डूमुरपुर से गृहस्थी उठाकर संकदग्राम क्यों जाता ?

जाते-जाते बाप कह गया, "कारोबार तो कर नहीं पाऊँगा, खेती-बाड़ी ही करनी है तो किसी और जगह करूँगा। यहाँ करूँ तो लोग-बाग कहेंगे–अमुक बनिए का बेटा, बिरादरी का पेशा त्याग कर यह क्या कर रहा है ?"

पति की उमर ज्यादा थी, पर उसे ठीक-ठीक बूढ़ा भी नहीं कहा जा सकता। हाँ, अधेड़ भले कह लो। बिंदुवासिनी यानी आता बुआ पति के तीसरेपन में उसके पास आई थीं। आज, चालीस बरस के वैधव्य के बाद भी वे अपने पति को क्षमा नहीं कर पाई हैं।

"सेवा कराने के लिए मुझसे ब्याह किया था। उनके घुटनों में वात था। गोबर में नमक डालकर खौलाना पड़ता था और उसे मदार के पत्तों के साथ घुटनों पर

बाँधना होता था। बास के मारे उलटी आती थी। ओ माँ ! क्या बास मारता था वह नमक-मिला गोबर ! एक नौकरानी चाहिए थी उनको।"

"अपने घर में काम करने से कोई नौकरानी हो जाता है ?"

"अपना घर ! रसोई में तो घुसने ही नहीं पाई। रसोई हाथ में न हो तो भला उसे अपनी गिरस्ती कहते हैं ? दो सौतें थीं और एक ढेर बच्चे-कच्चे। बस, माछ काटो—बनाओ, या फिर सास की पूजा-पाठ में लग जाओ। दाँत थे नहीं, इमामदस्ते में लाई या चावल का भूजा कूट कर देती थी या फिर सिल पर पीस कर, वही खाती थीं। इसके अलावा दाल कूटना, चिवड़ा कूटना यही सब देहतोड़ मेहनत। दिन ढलने पर जेठी सौत भात देती थी। साथ में जरा सी मछली की पूँछ।"

"बहुत कष्ट उठाया है।"

"बहुत !"

"फूफाजी प्यार तो करते थे ?"

"इसीलिए तो और गुस्सा लगता है। जिस दिन मैं सोचती थी, आज उनके पास जाऊँगी, उसी दिन या तो उनका वातरोग बढ़ जाता था या कि पेट में अम्मल शूल उभर जाता था...एक लड़का न सही, एक लड़की ही दे जाते, वह भी न हुआ उनसे।"

"जल्दी ही विधवा भी हो गई।"

"हाँ, सास दिन में दो बार कहती-जिधर सींग समाए चली जा। आखीर में तुम्हारे ससुर मुझे ले आए।"

"तुम्हें तो चाहते थे हमारे ससुरजी।"

"क्या बात करती हो ? मरे आदमी की बुराई नहीं करनी चाहिए, पर गोबर लीपे बिना, सहन में झाड़ू लगाए बिना, घड़े भर-भरकर पानी भरने, कथरी सिलने जैसे सारे घर के काम किए बिना भात नहीं मिलता था। भगवान अगर दो आँख नहीं करते तो और कौन करता है ? दसमी, एकादसी किसी बात का खयाल नहीं करते थे। हाँ, औरत थी कोई तो पंडिताइन, मुकुंद की माँ ! दसमी हो, चाहे एकादसी केले भेजती और लोटे में दूध। वे सबकी खोज-खबर रखती थीं। इस बार मर कर दूसरा जनम मिले तो किसी घर में मालकिन बन कर रहूँ, यही चाहती हूँ, और कुछ नहीं।"

उनकी ये बातें सुनती तो कनका को उनसे सहानुभूति होती। मगर दूसरे ही पल वह उनकी अन्नदायिनी मालकिन हो जाती।

कनका जानती है बुआ उसे मन-ही-मन गाली भी देती जाती हैं, पर काम भी करती जाती हैं।

खाना, कपड़ा, भंडारघर के पास अलग से कमरा, चौकी, बिछौना, कोई कम है ?

दूध, दही, खीर, बताशा, तीन-तीन किस्म की तरकारी वह भी जितना जी चाहे खाएँ।

बुआ के बगैर बाजार-दूकान, खरीद-फरोख्त, मुहल्ले की अफवाहों और गुप्त

बातों की जानकारी कुछ भी संभव न था।

गनपति बाहर से आता तो कनका तुरत बुआजी से कहती, "कार्तिक के पोखरे में जाल पड़ा है, गदाई को मछली के वास्ते भेज दो। और आज हाट चली जाना।"

गदाई बेवकूफी से बोल पड़ा, "जो मछली खाकर आया हूँ, मालकिन, वैसी यहाँ कहाँ ? हो सकती है हाट में आई हो।"

"कहाँ हो गदाई ?" कनका ने पूछा।

"और कहाँ, वहीं, त्रिनयनी में।"

गनपति ने डाँट पिलाई, "तू बेटा, बस भेंडा की तरह बाँ-बाँ करना जानता है। इतने दिन पर तो घर आया, अभी ठीक से बैठा भी नहीं कि मछली की कहानी ले बैठा। जा, बैलों को गाड़ी से खोल दे। सानी-पानी दे उन्हें।"

कनका जल्दी से पानी लाई, गमछा दिया।

"थोड़ा आराम कर लो। कुछ खाओगे ?"

"गदाई ला रहा है।"

"क्या ?"

"देखो न।"

पतला मोहन-चिवड़ा, क्षीर की हाँड़ी, कपूर से सुवासित क्षीर का मट्ठा, केले की घौद–सब लाकर रख दिए गदाई ने।

"खुद भी खाओ, मुझे भी दो। मगर मन भात-भात कर रहा है।"

"थोड़ा आराम करो, पानी पीओ, स्नान करो। दो पल में रसोई तैयार हो जाएगी।"

"पहले गदाई को मछली तो लाने दो।"

"क्यों, माँगुर और बड़ी-बड़ी कई* मछली तो रखी है। ओ बामी की माँ ! कहाँ गई ?"

बर्तन-बासन करने वाली बामी की माँ विरस गले से बोली, "जाऊँगी कहाँ ? बरतन माँज रही थी।"

"मछलियाँ जल्दी से काट-बना दो। मालिक को भूख लगी है।"

एक ही चूल्हा है, पर मुँह पाँच-पाँच। एक साथ पाँच व्यंजन बन सकते हैं। जल्दी ही कनका ने अदरक, हींग और बैंगन के साथ माँगुर मछली की तरकारी; जीरा, लहसन के साथ कई मछली का रस्सा, सूखी सब्जी, साग तैयार कर लिया।

अभी मेरा पति बातें नहीं करेगा। नहाएगा, खाएगा और मुँह में पान दबाए सोएगा। यह उसका नियम है। कनका को रसोई-घर की साँकल लगाते दोपहर ढल जाएगी।

---

*कई–एक मछली का नाम।

मगर उस दिन गनपति जाग रहा था। कनका को ताज्जुब हुआ, वह सोया नहीं आज ?

"बैठो, तुमसे बात करनी है।"

कनका जमीन पर बैठ गई। क्या दिन-दहाड़े पति के पास बैठ सकती थी ?

"ऐसी क्या बात है कि..."

गनपति ने एक साड़ी कनका की गोद में डाल दी। चंपई रंग की अच्छी-सी साड़ी थी। महीन सूत की बनी। पाड़ लाल रंग का।

"एकाएक साड़ी ?"

"तुम्हारी मामी ने दी है।"

"मेरी...मामी...?"

"तुम्हारी माँ के एक चचेरे भाई हैं न ? अरे ! वही शचीपति दत्त। वहीं रहते हैं।"

"अच्छा ! कितने दिन हुए उन्हें देखे !...अपने ही मामा को कनका ने नहीं देखा था। जानती भी न थी कुछ उनके बारे में..."

"खूब नाम है उनका। उस इलाके के बड़े व्यापारियों में गिने जाते हैं। त्रिनयनी कोई मामूली गाँव नहीं। एक तरह से नगर ही कहना चाहिए। बारह तो शिव मंदिर ही हैं वहाँ। बड़ी-बड़ी झीलें हैं। पक्की दुकानें है। कम-से-कम पाँचेक हजार की बस्ती है। बादशाही सड़क के किनारे बसी है। वहाँ नामी-गिरामी..."

"अच्छा ! !"

"कपिलेश्वर शिव का मंदिर है। बड़े जाग्रत देवता हैं।"

"एक बार चलो न मुझे लेकर, शिवजी का दर्शन कर आऊँ।"

"तुम्हें जाने की जरूरत नहीं, सब व्यवस्था कर आया हूँ।"

कनका अभी भी असल बात नहीं समझी।

"किस बात की व्यवस्था कर आए हो ?

वर्षों के परिचित पति का व्यवहार कुछ अपरिचित-सा लग रहा था कनका को। बड़े संकोच से अपने को जैसे बलपूर्वक ठेलते हुए थोड़ी खिसियाहट के साथ गनपति बोला, "तुम खुद भी तो कहती थी, दूसरा ब्याह कर लो और मैं भी सोचता था, खटते-खटते तुम्हारा शरीर टूट रहा है...इसीलिए...इसीलिए...और फिर किसी अनजान परिवार में ब्याह करने से तो..." गनपति अपनी बात पूरी न कर सका।

"तुम ब्याह कर लो," जब कहा था कनका ने तो सोचा भी न था सचमुच ऐसा होगा। और उसे इस बात का भी अंदाजा न था कि उसका पति जो व्यवस्था कर आया है उसकी उस पर क्या प्रतिक्रिया होगी।

उसे लगा उसकी दुनिया खंड-खंड होकर बिखर रही है। जैसे किसी ने कनका को निरालंब महाशून्य में फेंक दिया हो !

"ब्याह...तय कर आए हो ?"

गनपति को इस प्रश्न की अपेक्षा थी।

"दिन-साइत तो ठीक नहीं हुआ है अभी...तुम्हें बिना बताए मैं कर भी कैसे सकता था ?"

"वहीं पर ?"

"तुम्हारे मामा की बेटी अहना से।"

"न मामा को देखा है मैंने, न उनकी बेटी को। उमर कितनी है ?"

"सुना है, चौदह साल की है।"

"तब तो जवान हुई। उस उमर तक भला कौन बाप अपनी कुँवारी लड़की घर में रखता है ?"

"बुरा ग्रह था। ज्योतिषियों ने ब्याह करने को मना किया था।"

"खानदान में कोई कलंक तो नहीं ?"

"कुछ नहीं, मैंने बाजार में पता किया था।"

बड़ी मुश्किल से अपने को संयत करके कनका ने कहा, "तुम सीधे-सादे आदमी हो। सभी तो तुम्हारी तरह नहीं हैं। यहाँ भी हमारा समाज है। खोज-बीन करने पर अगर कोई ऐसी-वैसी बात निकल आई, तब...?"

"मुझे तो लगता है, भगवान की यही मरजी है, वर्ना इतनी बार त्रिनयनी गया, पर इनसे कभी भेंट नहीं हुई..."

"अब समझी। ये हमारी नानी की सौत के बेटे हैं। मामा के घर की दौलत इन्हें मिली है। इनसे कभी भी हमारा ज्यादा मेल-मिलाप नहीं रहा।"

"मगर वे तो तुम्हारे बारे में कितनी ही बातें करते थे !"

"मेरा माँ जब तलक जिंदा थी, मेरे बाप उसकी हर बात मानते थे। हमारा जब ब्याह हुआ तब माँ के कहने पर पिताजी ने ढूँढ़-ढूँढ़ कर अपने नाते-रिश्तेदारों को न्यौता भेजा था। उन्होंने भी हमारी हर बहिन के ब्याह में उपहार भेजा था।"

एक पल दोनों चुप रहे। फिर अपने स्वभाव के विरुद्ध कनका ने नरम और डरे हुए स्वर में पूछा, "तो क्या उन लोगों ने ब्याह की तिथि तय कर ली है ?"

"मैं शंखदत्त का वंशधर हूँ। बाणिक-समाज के दिन अब पहले जैसे नहीं रहे, पर खानदान की मर्यादा थोड़े ही चली गई है ? तिथि-विथि तो बाद की बात है, पहले उनकी तरफ से प्रस्ताव तो आए, फिर सोचेंगे..."

"हाँ, प्रस्ताव आने दो...तुम अब आराम करो।"

कनका कमरे से बाहर आई और दीवाल की टेक लगा कर दालान में बैठ गई।

उसकी छाती के भीतर जैसे आँधी उठी हुई थी। जब पति से कहा था–'तुम दूसरा ब्याह कर लो', तब वह कहाँ जानती थी कि जब सच में वैसा होने लगेगा तो उसे इतना मर्मांतक कष्ट होगा।

एक गीत में कहा है :

"सबसे ज्यादा काला है, बहिना !
सौतिन का दिन।
चाहे सौतिन क्यों न हो,
अपनी ही बहिन !"

"अरे बहू ! खाओगी नहीं ? भात तो सूख कर कड़कड़ा हुआ जा रहा है।"

बुआजी के चेहरे पर और आँखों में कौतूहल उमड़ा पड़ रहा था। अचानक कनका ने कमरे में प्रवेश किया। क्या बाते हुईं इन लोगों में, बुआजी सोच रही थी।

"बुआ, तुमने खाना खा लिया ?"

"हाँ...अभी-अभी खाकर आ रही हूँ।"

"सोचती हूँ, एक बार और पोखरे में डुबरी मार आऊँ।"

कलसी उठाकर कनका घाट पर पहुँची। कड़ाही में जैसे दूध उबलता है, उसी तरह उसकी छाती में वेदना उबल रही थी। उसी समय मधु बनिए की बहू सरस्वती घाट पर आई। सौत के साथ एक ही घर में बहू सरस्वती घाट पर आई। सौत के साथ एक ही घर में रहने की जलन का उसे अनुभव था। मधुकर बनिए ने लक्ष्मी और सरस्वती नामक दो बहनों से शादी की थी। दोनों की ही संतानें हैं। और मधुकर बनिए की माँ भी अभी जिंदा हैं। उनकी छत्रछाया उनके सिर पर है। और सौतों के बीच एक दूसरे का झोंटा नोचने, मार-पीट करने, बच्चों को लेकर झमेला करने की बात तो स्वाभाविक ही है।

मगर आवाज ऊँची नही होनी चाहिए, वरना गला दबाकर मार डालूँगा, मधुकर की चेतावनी थी। इसीलिए लक्ष्मी-सरस्वती एक दूसरे के बाल नोचकर लड़ती हैं, गाली-गलौज भी करती हैं और कभी-कभी उनमें मेल-जोल भी दिखाई पड़ता है। बच्चे एक माँ की मार खाकर दूसरी माँ के पास जाते हैं। ज्यादा किच-किच होती है तो मधुकर बनिया दोनों पत्नियों सहित बच्चों को एक सिरे से, दाँत पीसकर दौड़ाता है। फलस्वरूप घर में शांति बनी रहती है।

सरस्वती और कनका उतरूती* के स्नानघाट पर सखी बनी थीं। एक दूसरे के लिए वे 'गंगाजल'** थीं। दोस्ती गहरी थी। घर से दोनों सखियाँ कुछ न कुछ लेकर आतीं और एक दूसरे के मुँह में ठूस देतीं; कभी लड्डू, तो कभी अचार, कभी क्षीरखंड। सखी को बिना खिलाए भला मुँह में कोई अच्छी चीज डाली जा सकती है ?

सरस्वती का चेहरा उस दिन खिला हुआ था। शायद किसी बात पर मधु ने लक्ष्मी

---

* एक घाट का नाम।

** सखियाँ उस जमाने में एक दूसरे को 'गंगाजल' कहकर पुकारती थीं।

को डाँट लगाई थी। एक सौत का दुख दूसरी के लिए स्वर्गीय सुख का कारण होता है।

"क्यों गंगाजल, सखा कमरे में आए थे न ?"

"आए तो थे।" सरस्वती ने बिहँसते हुए कहा, "मगर तुम्हारा मुँह क्यों सूजा हुआ हैं, सखी ?"

"अपना दुख और किससे कहूँगी, तुम्हारे अलावा !"

कहते-कहते कनके के होंठ काँप गए, आँसू रोके न रुके और वह मुँह में आँचल ठूस कर फफक पड़ी।

"चुप-चुप" सरस्वती ने कहा, "कोई सुनेगा तो बदनामी होगी। बातों में बड़ी आग होती है। बातों से घर तबाह हो जाते हैं।"

रूँधे गले से कनका बोली, "मेरा राज-पाट तो गया, बहिन। तेरा सखा लड़की देख आया है।"

"ओह ! मैं तो सोच रही थी, अपनी छोटी बहिन को तेरे घर में डालूँगी। भाई आए थे, तो बात चली थी। देखती हूँ, सारी आशा पर पानी फिर गया।"

"तू मुझसे तो इस बारे में कभी चर्चा नहीं की !"

"क्या कहती हो, सखी ? तुमने ही तो पिछले मंगलवार को पानी में कलसी डुबाते हुए मुझसे कहा था–कोई अच्छी सी लड़की देखकर सौत ले आऊँगी। मेरी तो कोख खाली है। वंश की रक्षा तो करनी होगी। पड़ोस की फूली ने कहा था–सौतवाले घर में अपनी लड़की कौन देगा भला ? इस पर तू नाराज हो गई थी। याद नहीं है क्या ?"

"हाँ ! याद है, कहा था, पर अब...छाती जैसे फुँकी जा रही है।"

सरस्वती ने सहानुभूति के साथ कहा, "क्या करोगी ? बिना बच्चों के भी कोई गिरस्ती चलती है ? लड़के से ही वंश चलता है। लड़की भी हो तो भी...फूली के कोई भाई नहीं है, सिर्फ चार बहिनें हैं। दीदी के आदमी को फूली के बाप ने घरजवाई बना लिया है। पोते को सब धन-दौलत देंगे। लड़कियाँ किस गिनती में हैं ? तुम्हारी होने वाली सौत कहाँ की है ?"

"नाते में मेरी बहिन लगेगी। माँ के चचेरे भाई की बेटी है। तेरह साल की है। जवान है। लड़कियों का ब्याह तो माहवारी शुरू होने के पहले ही होना चाहिए, मगर इसकी तो..."

"बाप ने इतनी उमर तक घर में क्यों बिठा रखा है ?"

"शायद कोई भारी ग्रह था, जो ब्याह में बाधक था। मैं तो अब पुरानी पड़ गई हूँ। चूल्हे की आग और घर-गिरस्ती के हजारों काम करके भला कोई देखने लायक रह सकता है ? जवान औरत घर में आ गई तो मेरी हालत और भी बुरी होगी। जहाँ रानी बन कर रही हूँ, वहीं दासी बनकर रहना पड़ेगा।"

''ऐसा क्यों सोचती हो ?'' सरस्वती ने कहा, ''सखा तो ऐसे आदमी नहीं हैं। तेरी गोद भरी होती तो भला वे दूसरे ब्याह की बात सोचते ?''

''जानती हूँ।''

''अकल से काम ले। खुशी-खुशी राजी हो जा। फिर चुपचाप तेगुना के पास चली जा।''

''वह क्या करेगी ?''

''सखा नई बहू तो लाएगा ही, मगर तेरे बस में रहेगा। बहुत गुनी है तेगुना। फूली का आदमी क्या कम था, इधर-उधर ताक-झाँक करता रहता था। अब फूली ने उसे ऐसा बस में कर रखा है कि क्या कहूँ ?''

''अपने मरद को बाँटना क्या आसान है ?''

''मुझसे पूछती है ? मैंने तो शुरू से ही बँटा हुआ मरद पाया है। पता नहीं मेरे बाप से किस पंडित ने कह दिया कि अगर बैसाख के भीतर-भीतर दोनों बहिनों का ब्याह न हुआ तो सत्यानाश हो जाएगा। बस, पिताजी ने घबराकर दोनों बहिनों की एक ही वर के खूँटे से बाँध दिया...चलो, अगले जनम में सही, अगर भगवान सौत से पीछा छुड़ा दे। मालकिन बनकर रह सकूँ। देखो सखी, सखा तो ब्याह करेंगे ही करेंगे। अगर उमर बीत जाने पर बुढ़ापे में छोकरी ले आएँ तो क्या अच्छा होगा ?''

कनका ने गहरी साँस ली।

''नहीं, वह तो ठीक नहीं होगा।''

''छोटे से बेटे के हाथ का सहारा लिए बूढ़ा बाप चलेगा तो कैसा लगेगा ? सुधन्न आचार्य को देखकर समझ में आता है कि नहीं ?''

सुधन्य आचार्य ब्रह्मकेशव आचार्य का भाई है। बहुत पहले जवानी में घर छोड़कर संन्यासी हो गया था। सभी जानते थे कि वह उद्धारणपुर में बक्रेश्वर के मंदिर में रहता है। बहुत दिनों बाद किसी नामी-गिरामी संन्यासी ने उसका हाथ देखकर कहा—''तुम्हारे हाथ में गृहस्थ धर्म का जोग है। घर जाओ, शादी-ब्याह करो। तुम्हारे लिए यह पथ नहीं है।''

बरसों बाद सुधन्य आचार्य घर लौटे। पके बालों वाले सुधन्य ने मूरत-जैसी एक छोटी सी बालिका से ब्याह रचाया। अब वह सयानी हो गई है, कई लड़के-लड़कियों की माँ। सुधन्य बहुत बूढ़े हो गए हैं। बेटे का हाथ पकड़कर चलते हैं। देख कर लोग हँसते हैं। उनकी पत्नी शिवप्रिया अब भरत और सीता की माँ है। उम्र कनका से भी कम है, पर स्वभाव तीखा है। चीख-चीख कर वह मुहल्लेवालों को कोसती है। कहती है—''मेरा मरद बूढ़ा है तो पड़ोसियों के पेट में ऐंठन क्यों उठती है ?''

और सुधन्य भी बड़े गर्व से कहते फिरते हैं—''क्या करता ? गुरू के आदेश की

अवहेलना तो कर नहीं सकता था। सांसारिक सुखों की लालसा कहीं भीतर बाकी है, यह भी तो नहीं जानता था।''

सुधन्य बाबू अपनी जमीन-जायदात की देख-भाल खुद करते थे, हिसाब-किताब रखते थे। जैसी तत्परता के साथ अमीन के पीछे दौड़ लगाते थे, उसे देखकर कुछ दुष्टात्माएँ मुसकरा कर टिप्पणी करती थीं–''दरअसल ये संन्यासी नहीं हुए थे, किसी अमीन के सहायक के रूप में काम करते थे।''

सुधन्य बाबू की बातें याद करके कनका के चेहरे पर हलकी मुसकान उभरा।

सरस्वती बोली, ''बुढ़ापे में ब्याह करने से छोटे-छोटे बच्चे और कम उम्र की विधवा छोड़कर आदमी चला जाता है, यह कोई अच्छी बात है ? मुझसे जो कहा, कहा, किसी और से कुछ मत कहना, सखी। मुँह से बात निकली नहीं कि हवा पर सवार होकर चारों ओर फैलती है। चलो, डुबकी लगाओ और घर जाकर, खा-पीकर लेटो। मन को शांत रखो।''

कनका समझ गई कि बाँझ औरत के लिए पति के दूसरे विवाह पर सहमति न देना समाज को मान्य न होगा। उसे किसी का समर्थन न मिलेगा। डूबकी उसने लगा ली, घर भी गई, पर खा नहीं सकी।

भात की थाली कूड़े पर पलट आई। मैं तो रोज ही खाती हूँ, उसने सोचा, आज के दिन कुत्ते, बिल्ली और चिड़ियाँ ही खाकर तृप्त हों।

पाँच

रात में कनका खटवास-पटवास लेकर पड़ गई।

पति आकर उसे मनाए, उसने सोचा।

यह उसका आखिरी मान-मनौवल होगा। दो दिन बाद तो वह ही बड़ी बहू हो जाएगी। दूसरी बहू। और वह होगी छोटी बहू। मान उसी का रखा जाएगा। कनका को कौन पूछेगा ?

आज क्या उसका आदमी उसे मनाने आएगा ? पहले जब सास की झिड़कियाँ खाकर वह रूठती थी तो उसका पति उसे आलते की शीशी, बालियाँ या चाँदी का एक रुपया देकर उसे मनाता था।

क्या अब भी वह पहले की तरह उसे मनाएगा।

कनका को आँचल से मुँह ढके लेटी देखकर गनपति ने पूछा, ''अब क्या हो गया तुझे ?''

''मेरा हाल जानकर क्या करोगे ?''

''तुम्हारा हाल मैं नहीं जानूँगा तो कौन जानेगा ? तुम्हारे बारे में ही तो सोचता रहता हूँ।''

''मेरे बारे में सोचते तो दूसरा ब्याह तय कर आते ?''

''मैंने क्या अपने बारे में ही सोचकर दूसरा ब्याह तय किया है ? तुम्हारे बारे में जरा भी नहीं सोचा है, तुम समझती हो ? और यह भी सच है कि अगर तुम बार-बार 'ब्याह कर लो'–'ब्याह कर लो' न कहती तो शायद मेरे मन में यह बात उठती ही नहीं।''

''कहती न तो क्या करती। बाल-बच्चों से सूना घर मुझे काटने दौड़ता है। मुझसे बर्दाश्त नहीं होता इस घर का सूनापन।''

''तो फिर रोती क्यों हो, कनका ?''

''रोती हूँ इसलिए नहीं कि मेरे बच्चे नहीं है, इसलिए भी नहीं कि मैं बूढ़ी हो रही हूँ। इतने दिनों से देखते-देखते, लगता है, तुम्हें भी...मरद हो न, तुम नहीं समझोगे।''

गनपति सीधा-सादा आदमी है, बोला, ''ऐसी बात मत करो, कनका। कोई कह

सकता है कि मैंने किसी पराई औरत को कभी आँख उठाकर भी देखा है।''

''नहीं, ऐसा कोई क्यों कहेगा ?''

''देखो, मैं ज्यादा नहीं समझता, पर एक बात तो देख ही रहा हूँ। तुम दस बरस की थी, तबसे आज तक, पिछले बारह बरस से चूल्हे की आँच में तप रही हो। तुम्हें कष्ट पाते देख रहा हूँ।''

कनका ने मन-ही-मन कहा—मेहमानों को लेकर घर आते वक्त तो कभी इस कष्ट की बात नहीं सोचते।

ऊपर से बोली, ''औरतों को रसोई का काम करते भला कष्ट होता है ?''

''तुम तो मेरी प्यारी हो, मेरे माथे की मणि हो ! खाना पकाते-पकाते तुम्हारी हथेलियों में हल्दी के दाग बन गए हैं, माथे पर सामने की घुँघराली लटें धीरे-धीरे कम हो रही हैं, चेहरा भी पहले जैसा गोरा कहाँ रह गया है ? क्या तुम सोचती हो, यह सब मुझे अच्छा लगता है ? नई बहू के आने पर भी तुम्हीं रानी रहोगी। वह होगी तुम्हारी दासी। गिरस्ती का भार उस पर डालकर थोड़ा आराम कर सकोगी। तुम्हारे परिवार में एक आदमी बढ़ जाएगा, बस।''

कनका का मन पिघलने लगा।

''हा...आँ ! पर जवान औरत ! मरद को बस में करने के कितने ही नाज-नखरे होंगे उसके पास !''

''अरे धत् ! देखकर तो आ रहा हूँ। उसमें ऐसा कुछ नहीं है।''

''एक बार जरा सा देखकर ही उसे समझ गए ?''

''बाप को देखा न...बड़े ही गुस्सेवर हैं। एकदम हुँकार भरकर बोलते हैं। उनकी एक बात पर औरतें काँप जाती हैं।

''यह तो अच्छी बात है।''

''तुम भी उसे धमकाकर रखना। अपने हिसाब से साध लेना।''

''यह तो करना ही होगा।''

''और जानती हो ? निपूता—निःसतान का नाम अब मुझसे सहा नहीं जाता। व्यापार-व्यवसाय, घर-दुआर आम-केले के बाग मछलियों से भरी पोखरियाँ, गाय-गोरू, इतना चावल-दाल, तेल जो हमारे घर में भरा है, कौन भोगेगा, कौन खाएगा ? किसे दे जाऊँगा ? भाई लोग तो परदेसी हो गए हैं। उन्हीं के बाल-बच्चे सब भोगेंगे ? अगर उसका कोई बेटा हुआ तो वह...तुम्हारी भी तो देख-भाल करेगा। क्यों ?''

''समझ गई, अब चिंता न करूँगी।'' कनका ने कहा।

''गिरस्ती तो तुम्हारे ही हाथों में रहेगी। उन लोगों के घर नौकरों-चाकरों की भीड़ है। वह छोकरी गिरस्ती के बारे में जानती ही क्या होगी ?''

''देखो, उसे यहाँ कष्ट तो नहीं होगा ?''

''औरतों की किस्मत में तो जिस हाँडी का भात लिखा होता है, उसी घर में

जाती हैं।''

''समझी...चलो, अब सो जाओ।''

कनका गनपति के पास खिसक आई। रोज के नहाने-खाने की तरह ही गनपति को कनका की निकटता का अभ्यास है। काफी देर बाद दोनों सोए।

मोहल्ले के रिश्ते से नंदरानी अहना की भावज लगती है और दिल के रिश्ते से मित्र। नंदरानी मायके से हलदी-छठ का व्रत सीखकर आई है। आज उसका उद्यापन है। अहना उसके घर दावत खाने आई है। चौदह साल की उम्र हो जाने पर भी अनब्याही रह जाने के कारण अहना मन-ही-मन मरी जा रही थी। उसकी उम्र की सारी जान-पहचान वाली लड़कियों के ब्याह हो चुके थे, सिर्फ वह बिनब्याही रह गई थी। उसकी जन्मकुंडली में क्या दोष है, यह भी वह नहीं जानती। सिर्फ इतना जानती है कि कोई भयंकर 'दोष' है, जिसके कारण उसका ब्याह अब तक नहीं हो सका।

होम, यज्ञ आदि करके ग्रहदोष मिटाए जा सकते हैं, ऐसा उसने सुना है, पर यह कैसा दोष है, जो अमिट है ?

नंदरानी उसे समझाती, ''इतनी चिंता क्यों करती है? तू किस्मतवाली है कि इतने दिनों तक मुझे माँ की गोद और उसका प्यार मिल रहा है। लड़की का जनम माँ-बाप के घर में हँसने-खेलने और ससुराल जाकर रोने-धोने के लिए होता है।''

''कहाँ, तुम्हें तो रोते नहीं देखा ?''

''मेरा पति नाथे हुए भैंसे की तरह है और उसकी नकेल मेरे हाथ में है।''

''तुम दोनों की जोड़ी भी भगवान ने खूब मिलाई है। लोग कहते हैं तुम दोनों का लक्ष्मी और नारायण का जोड़ा है।''

नंदरानी का चेहरा अपने सौभाग्य पर झिल-मिल करने लगता है। उसका पति कमाऊ पूत है। पिता की गद्दी पर बैठने लगा है। सौतेली सास अपने सौतेले बेटे और बहू का मुँह देखकर चलती हैं। फलस्वरूप नंदरानी का जीवन सुखों की सेज पर बीत रहा है।

अहना नहा-धोकर उसके घर आई थी। उसने नंदरानी के बच्चे को प्यार किया। सुपारी काट कर पान सजाए। फिर व्रत का उद्यापन देखने लगी।

''यह व्रत करने से क्या होता है, बहू ?''

''संतान का मंगल होता है, संतान की छुटपन में मौत नहीं होती। ऐसी ही कितनी बातें हैं। हमारी भावजें यह व्रत करती हैं, इसीलिए मैं भी करने लगी।''

व्रतकथा समाप्त हो जाने पर वे खाने बैठीं। खाना-पीना हो जाने पर नंदरानी ने कहा, ''चल, कमरे में चलते हैं।''

''नहीं, अब घर जाने दे।''

"चल न ! मैं तुझे तेरे घर छोड़ आऊँगी। देख न यह बाली कैसी है ?"

"लौंगफूल वाली बाली है न ? अच्छी है। नई लग रही है।"

"तेरे भाई गढ़ा कर लाए हैं। कहने लगे—नया व्रत भला नए गहने बिना हो सकता है ?"

"तेरे तो मजे हैं। और नए-नए व्रत कर न, जिससे नए—नए गहने मिलें।"

"कितने गहने पहनूँगी ? पहले ही ढेरों पड़े हैं।"

"तुझे बहुत फब रहा है।"

"तुझे क्या कम फबेगा ? कितनी ही लड़कियाँ देखती हूँ, पर तेरे जैसी सुंदरी नहीं देखी।"

"ओ माँ ! कैसी बातें करती है !"

अहना की आँखों से आँसुओं की धारा बह चली।

एक पल बाद बोला, "पिताजी मुझे सौतन के घर ब्याह रहे हैं, भौजी। शायद रिश्ते में मेरी फुफेरी बहन लगती है।"

"घर कहाँ है ?"

"दामिन्या में।"

"मगर बड़ी माँ ने हमें तो कुछ नहीं बताया ?"

"बताएँगी...बखत आने पर।"

"आँसू पोंछ, आँसू पोंछ ले, अहना, रोते नहीं।"

"पिताजी इस बार के मेले में दीदी के बर को पकड़कर लाए। ऐसे तो पिताजी कितने ही लोगों को घर ले आते हैं। मैं नहीं जाती मेहमानों के सामने। खाने की थाली माँ ही ले जाती है। इस बार माँ ने कहा—यह मेरी जेठानी का दामाद है। इसे अच्छी तरह खाना खिला दे।"

"देखने में कैसा है।"

"मैंने तो उसकी तरफ आँख उठाकर देखा भी नहीं। फिर भी जितना देख सकी, उससे कह सकती हूँ कि तुम्हारे आदमी जैसा नहीं है।"

"बाल-बच्चे हैं।"

"हुए ही नहीं। मुझे तो बड़ा डर लगा रहा है, भौजी।"

"तू चिंता न कर। ब्याह के लिए लाखों बातें देखी जाती है, और बड़े ससुरजी भला तुझे खराब घर में डालेंगे। वे तुझे ऐसी-वैसी जगह ब्याह देंगे थोड़ा ही।"

"पता नहीं..."

"चल, तुझे तेरे घर छोड़ आती हूँ।"

"मैं चली जाऊँगी।"

"नहीं रे, नहीं। चल, मैं बड़ी माँ से बात करके देखती हूँ।"

"माँ क्या कर सकती हैं ? तुम लोग पिताजी को नहीं जानतीं। बड़े जिद्दी हैं।

जो ठान लेते हैं, करके ही मानते हैं। उन्होंने जीवन में कभी किसी की बात नहीं मानी।"

"न हो, तू ही अपनी माँ से बोल..."

माँ की चोटी बाँधने बैठी अहना तो रो-रोकर बेहाल हो गई।

"माँ ! क्या तुम मुझे अपनी आँखों से दूर कर देना चाहती हो ?"

"यह भी कोई कहने की बात है ? माँ भला कब तक जवान बेटी को अपनी आँखों के सामने रख सकती है ?"

"क्या इसीलिए मुझे सौत के घर दे रही हो ?"

"तेरे पिताजी..."

"पिताजी की तो मत मारी गई है, माँ। खानाकूल से रिश्ता आया तो पिताजी ने कह दिया—मेरी बेटी मिट्टी के घर में नहीं रह सकती। किसी और गाँव से रिश्ता आया तो उन्होंने कहा—इतनी दूर मैं अपनी लड़की नहीं डाल सकता कि उसका मुँह देखने को सब तरस जाएँ। वही पिताजी अब सौतवाले घर में बूढ़े बर से मुझे क्यों ब्याह देना चाहते हैं ?"

"बूढ़ा कहाँ है, बेटी ?"

"बारह बरस से एक औरत के साथ गिरस्ती से रहा है, तो बूढ़ा हुआ कि नहीं ?"

"ले, आराम से बैठ पहले।"

"नौ बरस की उमर में मेरा भी ब्याह हो गया होता तो मैं भी जैसे-तैसे रह लेती। तब मैं पेड़ की कच्ची डाल थी। किसी भी पेड़ में थोड़ी मिट्टी डालकर तुम कलम लगा दे सकती थी। पर अब..."

"अहना ! तू इतनी चिंता क्यों करती है, बेटी ? अगर तुझे तेरे पिता गलत जगह डालेंगे तो मैं कुएँ में कूद कर जान दे दूँगी।"

"कैसे जानूँगी कि पिताजी के मन में क्या है ? वे न कहते तो मैं पानी-दाना लेकर जाती, सामने होती ?"

यही तो, माँ ने सोचा, अहना तो सोने की पुतली है। सोने की चलती-फिरती मूरत है। ऐसी लड़की उनकी कोख में आई कैसे, यही तो वे बैठी-बैठी सोचती रहती हैं।

ऐसी सुंदरी का भाग्य अच्छा नहीं होता।

इसके पिता के परिवार में कोई था। शायद इसके पिता की बुआ थीं किरणमाला। इतनी सुंदर थी अहना कि जो भी इसे देखता अपने घर की बहू बनाना चाहता।

गाँव में नाव लेकर केवट आए थे। वे अहना को चुरा ले गए।

उसकी कोई खबर ही नहीं मिल पा रही थी। अहना की माँ रो-रोकर मरी जा रही थी। जमीन पर लोट-लोटकर रो रही थीं—'मेरी अहना ! मेरी अहना ! ! कहाँ है मेरी अहना ?'

''जाओ माँ, मुँह धोओ, कपड़े बदलकर घर में दीप जलाओ, पानी छिड़को।''

अहना को ढूँढ लिया गया था। अहना तब बच्ची थी। अब ? युवती अहना पीतल के आईने में से जैसे बाहर निकल आई कोई देवकन्या हो। पतली कमर, पीठ को ढके घुँघराले बाल, सरस्वती की तरह निर्मल कमनीय देहयष्टि, गोरा रंग, आयत आँखें की शुभ्र निष्पाप दृष्टि।

ओह ! यह श्वेत पद्म क्या श्मशान के जल में फेंका जाएगा ?

अत्यंत सुंदरी स्त्री भी सुखी हो सकती है, यह बात अहना के जीवन में प्रतिफलित हो !

कितने ही दिनों से ये सब बातें औरतें ही कहती है, औरतें ही सुनती हैं।

''गंगा, जमुना, सरस्वती, गोमती को छोड़कर जिन नदियों के नाम पर नाम रखे जाते हैं, उन लड़कियों के भाग्य में दुख ही दुख होता है। महानंदा के बाप ने यह बात नहीं मानी। अब देखो, उसकी ननद ने उसे कलंक लगाया। बेचारी नदी में छलाँग लगा कर मर गई।''

मगर अहना तो ज्योतिषी द्वारा रखा गया नाम है। इस नाम की कोई नदी नहीं बहती।

''जो लड़की पहली बार रविवार को ऋतुमती होती है विधवा हो जाती है।''

''सोमवार को होने पर पतिव्रता होती है।''

''मंगलवार को ऋतुमती होने पर—छिः छिः—वह वेश्या होती है। हाय राम ! पारघाट की सारी वेश्याओं का मासिक धर्म क्या मंगलवार को ही शुरू हुआ है ?''

''विरस्पतवार को होने पर पति को धन-दौलत मिलती है।''

''शुक्रवार को होने पर उसके अनेक पुत्र होते हैं और सभी जिंदा रहते हैं।''

''शनिवार को हो तो वह स्त्री बाँझ होती है।''

अहना की माँ को साफ-साफ याद है कि अहना विरस्पतवार को ऋतुमती हुई थी। उन्होंने उस दिन लक्ष्मी पूजा की थी। या फिर उस दिन लक्ष्मी पूजा नहीं की थी ?

अब इतना भी कौन याद रख सकता है ?

सोचते-सोचते अहना की माँ जैसे एक छोटी-सी बच्ची हो जाती हैं। अपनी दादी की बगल में लेटी-लेटी देख रही हैं दिये के चारों और बरसाती फतिंगों के झुंड के झुंड परिक्रमा कर रहे हैं।

दादी निंदासे स्वर में गा रही हैं :

पति ले के सती बैठी चिता के ऊपरे,

रमणियाँ खुश हो के जयध्वनि करें।
अपने आप चिता जली छू-छू आग बरे,
देवलोक में आह्वान देवगन करें।...

"फिर क्या हुआ ?" अहना की माँ ने पूछा।

"फिर क्या हुआ, कल सुनाऊँगी।"

"दादीजी मेरा नाम जो सतीरानी है।"

"उससे क्या रे ?"

"मुझे भी क्या चिता पर बिठाया जाएगा ?"

"चिता पर भला क्यों बिठाएँगे ? तेरा ब्याह होगा, तू अपनी ससुराल जाएगी, सात बेटों की माँ बनेगी, माँग में सिंदूर भर के पति के पाँवों पर सिर रख स्वर्ग जाएगी।"

मगर यह सब ठीक वैसा ही नहीं हुआ, जैसा दादी ने कहा था। पति अभी जीवित-जागृत हैं। सतीरानी सात बेटों की जगह एक बेटे और एक बेटी की माँ हैं। वे पति की बात हमेशा से मानती आई हैं। मगर अपने प्राणों की पुतली अहना की बात ही और है।

जरूरत हुई तो इस बार वे पति की बात नहीं मानेंगी, विरोध करेंगी।

अहना की माँ बैठी न थीं। उन्होंने नाइन को बुला भेजा। उसके हाथ में एक रुपए के दो कड़कड़े नोट रख दामिन्या पठाया।

कहा "नाइन, तुझे मैं नई साड़ी दूँगी। तू वहाँ का सारा हाल-चाल जानकर आ। मैं तेरा निहोरा करती हूँ।"

"थोड़ा सा चिवड़ा, बताशा और दो-चार केले दो न, माँ। भूख लगी है। तुम चिंता न करो। मेरी ननद दामिन्या में बिआही गई है। उसके घर जाने पर उस घर की राई-रत्ती खबर मिल जाएगी।"

"आकर सच्ची-सच्ची बताना, बेटी।"

"क्या वहाँ दीदी के ब्याह की बात चल रही है ?"

"आगे जा तू, जो होगा तुझे मालूम पड़ जाएगा। वहाँ जाकर बैठ मत रहना।"

"नहीं, नहीं, बस जाऊँगी और आऊँगी।"

"मैं तेरी बाट जोहूँगी।"

नाइन ने वादा निभाया। बुधवार को गई और शुक्रवार को लौट आई।

"कमरे में चलो, माँ।" नाइन ने आकर कहा।

"चल, आई कब ?"

"बस, चली आ रही हूँ। नाऊ के घर में रहते तो निकलना हो नहीं सकता।"

दोनों स्त्रियाँ कमरे में गईं।

"जो कहना है दबे गले से बोल।"

नाइन की बातें सुनकर अहना की माँ को लगा, उनके सामने एक काले जलवाली विशाल नदी बह रही है। चारों ओर अँधेरा है और वे लोग अहना के हाथ-पाँव बाँधकर नदी में फेंकने जा रहे हैं।

नाइन ने देर तक ढेर सारी बातें बताईं। फिर अपने घर चली गई।

माँ ने अहना से कहा, "तेरे पिता घर आएँ तो आज तुरत-फुरत पानी-गमछा लेकर मत दौड़ना।"

"ऐसा क्यों, माँ ?"

"मैं जो कहती हूँ, वैसा कर। सवाल-जवाब मत कर। और रात को भी भात परोस कर जागी मत बैठी रहना बाप के इंतजार में। शाम को ही खा-पीकर अपने कमरे में चली जाना। समझी ?"

बेचारी अहना की समझ में कुछ नहीं आया। काफी सोच-विचार के बाद उसे लगा कि शायद माँ इसलिए नाराज हैं कि भैया, भाभी को लिवाने ससुराल गए तो कई दिन हो गए लौटे ही नहीं। मगर माँ को तो पता है कि भैया को ससुराल आने-जाने में चार-पाँच दिन लग ही जाते हैं ?

या कि माँ अकेले में भाभी के बारे में पिताजी से बातें करेंगी। जाने क्या बात है ? आज मैं उनकी बातें सुनने के लिए कान पाते रहूँगी। देखूँ क्या बातें होती हैं।

अहना के पिता शचीपति घर लौटे तो रोज की तरह अहना ने स्वागत नहीं किया। उसका पता ही न चला, कहाँ है। बाप ने पूछा नहीं, पर समझ गए कुछ गड़बड़ है।

शाम को पुरोहितजी आए। गृहदेवता की आरती उतारकर उन्हें शयन करा गए। अहना उस समय दिखाई तो पड़ी, पर चरणामृत लेकर चली गई।

शचीपति ने देखा, पत्नी का चेहरा भी सूजा हुआ है। खाना खाने बैठे तो उन्होंने पूछा, "अहना कहाँ है ?"

"उसे नींद आ रही थी, खाकर सोने चली गई।"

"क्यों ? इतनी जल्दी नींद आने का कारण ?"

"नींद आने का भी कोई कारण होता है क्या ? बस आ गई नींद।"

"अच्छा बताओ, दामाद कैसा लगा ?"

"जैसा है वैसा ही लगा...थोड़ी-सी खीर और दूँ ?

शचीपति ने सोचा, शायद किसी कारण घरवाली का मन उदास है। क्षेमंकर को बहू लेकर आने में देर हो रही है, क्या इसीलिए...या फिर बेटी पराए घर जानेवाली है, इसलिए उदास है ? पर ऐसा पहले तो कभी नहीं हुआ ? उन्हें याद नहीं की पत्नी

ने कभी किसी बात पर मुँह फुलाया हो ? रात में पूछूँगा।

देर रात पत्नी कमरे में आई तब भी उसका मुँह वैसे ही फूला हुआ था।

"आज तुम्हें हुआ क्या है ?"

"रुको, पहले दरवाजा बंद करने दो।"

"आज तक तो तुम इस कमरे में ऐसा मुँह बनाकर आई नहीं ?"

"अहना का ब्याह वहाँ नहीं होगा।"

"क्या मतलब ?"

इसके उत्तर में घरवाली की आँखें सावन-भादों की झड़ी लगाने लगीं।

एक पल बाद बोली, "लड़की का ब्याह करने के पहले बाप लड़के का अता-पता, खोज-बीन करता है।"

"खोज-खबर नहीं ली, किसने कहा तुमसे।"

"बता सकते हो, क्या देख कर लड़की को उस घर में डाल रहे हो ? नाइन को मैंने भेजा था, सब देख-सुन कर आई है। कच्चा घर है। सिर्फ एक दासी है। गाय-बैल जरूर हैं और केला-आम के बाग भी हैं, सो किसके नहीं होते ? धन-दौलत कुछ देखा है या यों ही लड़की का हाथ पकड़ाने चले हो ?"

"दरिद्र तो नहीं ही है। और कौन कह सकता है उसके और अच्छे दिन नहीं आएँगे ?"

"मानती हूँ कि ऐसा हो सकता है। मन में सुख-शांति हो तो जंगल में झोपड़ी डालकर भी आदमी चैन से रह सकता हे। मगर तुम तो अपनी लड़की को सौतवाले घर में डाल रहे हो और वह भी बहिन-सौत, तुम्हारी अपनी भाँजी कनका के घर में।"

"कनका...हाँ, जानता हूँ।"

"तुम क्या जानते नहीं, उसका स्वभाव कैसा है ? बड़ी झगड़ालू और दबंग औरत है वह। सास रोगी है। हमेशा घिन-घिन करती है। गनपति घर पर क्यों नहीं रहता, जानते हो ? इसी कनका के कारण।"

"ये सब झूठी बातें हैं। अफवाह है।"

"अफवाह क्या यों ही फैलती है ? कुछ न कुछ उसकी जड़ में होता है। बर की उमर भी ज्यादा है, देखने-सुनने में भी कुछ खास नहीं। वह तो कारोबार के सिलसिले में बाहर रहेगा। कनका तुम्हारी बेटी को मूसल से कूट डालेगी। नहीं, मैं सौत के घर में लड़की नहीं दूँगी।"

"कहो, जो कहना है कह डालो।"

"कनका इतने दिनों से अकेली रही है, घर की एकमात्र लाडली बेटी है। क्या वह सौत का काँटा सह पाएगी ? कौन औरत सह पाती है ? अहना हमारे कलेजे का टुकड़ा है। ऐसी फूल जैसी मेरी बेटी है। उसके लिए दुहाज बर मत लाओ, मत लाओ। ऐसे घर में लड़की देने की बजाय तो मैं उसे लेकर कुएँ-तालाब में डूब मरूँगी। औरत

पत्थर होती है या लकड़ी का कुंदा ? जहाँ मर्जी हुई पटक दिया। हाय राम ! तुम इतने निर्दयी कैसे हो गए ?''

''और कुछ ?''

''और क्या कहूँ ?''

''तो शांत हो जाओ और मेरी बात सुनो।''

गृहणी ने आँखें पोंछ लीं, नाक साफ किया और गट-गट करके एक लोटा पानी पीया। फिर अपेक्षाकृत शांत होकर कहा, ''बोलो।''

शचीपति ने कुछ कहने के पहले एक-दो बार अपने माथे पर हथेली फिराई, फिर बोले, ''हम-तुम कुछ करने या कहने वाले कौन होते हैं ? यह अहना की नियति है। देखो, यह रजस्वला और उम्रदराज क्यों हुई, इसका कारण उसका ग्रहदोष है—यह बात कोई मानना ही नहीं चाहता। वर्ना रुद्राणी गाँव में जो रिश्ता मिल रहा था, वह क्यों टूटता ? कुल-खानदान, धन-दौलत राम जैसा बर सब कुछ तो था। अपनी ओर से जोर लगाने में भी कोई कोताही नहीं की थी मैंने।''

''रुद्राणी में ? मैंने तो कभी सुना नहीं...''

''सुना नहीं, इसलिए कि मैंने बताई नहीं। अष्टपुर का जो रिश्ता टूटा, उससे तुम्हें बहुत कष्ट हुआ था, इसीलिए इस रिश्ते की बात तुम्हें नहीं बताई। मगर अपनी ओर से कोई कोर-कसर नहीं छोड़ रहा हूँ।''

''कुंडली दिखा देते ?''

''अगर रिश्ते की बात चलाते ही 'ना' हो जाए तो कुंडली दिखाने की नौबत ही कहाँ आती है।''

''ऐसा क्यों होता है ?''

''कोई भाँज मार देता है, मुझे लगता है। ऐसे लोगों की कोई कमी तो नहीं, जो दूसरे का काम बिगाड़ने को व्याकुल रहते हैं।''

गृहणी को इन संभावनाओं का ज्ञान न था।

''तुम्हें विश्वास नहीं आ रहा है न, अहना की माँ ?''

''नहीं विश्वास क्यों नहीं करूँगी ? मगर सौतवाले घर में...''

''तुम सौत की बात सोच रही हो। मैं सोच रहा हूँ ज्यादा खोज-बीन करने पर कहीं कुछ अघटन न घट जाए। शायद अहना का ब्याह ही न हो। और रजस्वला बेटी को घर में बिठाए रखने से, जो पाप हो रहा है, उससे पुरखों-सहित हम नरक में न चले जाएँ।''

''ओ माँ ! ऐसी बातें क्या करते हो ?''

''अहना की कुंडली की बात भूल गई ?''

''भूलूँगी क्यों ?''

''एक बार मंदिर के पास जो पाठशाला है उसके पंडित से कुंडली पढ़वाकर देख

लो। पंडित ने बताया कि कुंडली के अनुसार इसका ब्याह दुहाज वर से होगा, सौत होगी, संतान होगी, सुखी रहेगी, विधवा होने का योग नहीं है। मगर चौदह पूरी होने के पहले विवाह होना चाहिए। पंद्रहवें में पहुँचने पर..."

"सुखी रहेगी ?"

"हाँ, सुखी रहेगी। देखो, अहना एक तरह से हमारी आँखों का तारा है। मगर उसके योग्य वर कहाँ पाएँगे हम ! गनपति मिला है। संतान न होने के कारण लड़की ढूँढ रहा है। लड़की की उमर जानकर भी उसे कोई उज्र नहीं। और शकल भी कोई बुरी नहीं है उसकी। खाया-पीया मजबूत शरीर है। खानदान में रत्ती भर कमी नहीं। हमें तो राजा बल्लाल सेन मार गया। वर्ना उसके पुरखों के पास भी नाव का बेड़ा था। ताम्रलिप्ति से सुवर्णद्वीप तक फैला कारोबार था। खैर, छोड़ो। नावों का बेड़ा हर बनिए के पास था, अब किसी के पास नहीं है। वह सब सोचकर क्या होगा ?"

"कनका अगर..."

"आदमी को सोने और कीमती चीजों से वश में किया जा सकता है। मैं खुद दामिन्या जाऊँगा। नारियल, पान, सुपाड़ी के साथ सोने की बाली और गंगाजली साड़ी देकर उसे आशीर्वाद दूँगा। फिर, अहना का भाग्य। कनका के बारे में तुमने जो बातें सुनी हैं वह सब झूठ है। सिर्फ अफवाह है। मैं ऐसा क्यों कह रहा हूँ ? क्योंकि लोग अकारण दूसरों की बुराई करते हैं। खुद ही देखो, तुम्हारी बेटी अहना के बारे में ही लोगों ने कितनी झूठी बातें फैला रखी हैं ?"

"आदमी इस तरह दूसरे का कितना नुकसान करता है ?"

"त्रिनयनी में हम बनियों के सोलह घर हैं। अहना को कौन प्यार नहीं करता ? कोई कहता है, हमारा साला है। कोई कहता है हमारा एक रिश्ते में भाई है–बात करके बताएँगे, पर आज तक आया कोई रिश्ता ?"

अहना की माँ ने गहरी साँस ली।

फिर बोली, "हमारा भाग्य ही फूटा है। नहीं, अब मैं कुछ न कहूँगी। औरत का जनम ही ऐसा है...सोने के कमल को नाली में डालना पड़ता है। भाग्य !"

"पति को भा गई तो उसे फूलों की सेज पर रखेगा। और क्यों न भाएगी ? हिमालय ने अपनी युवा पुत्री पार्वती का ब्याह भी तो बूढ़े शिव से किया था ?"

"देवताओं की बात देवता जानें। हम भला उनकी बराबरी कैसे कर सकते हैं ?"

"अब सो जाओ। रात बहुत हुई।"

रात में सोई हुई अहना की माँ की आँखों से आँसू झरते रहे। भाग्य की लकीरें कौन खींचता है ? कौन सर्वशक्तिमान आदमी की किस्मत का लेखा-जोखा करता है ? उसने क्यों अहना के भाग्य में ऐसा विधान लिखा ? मेरी अहना तो सोने की पुतली है, जरा सा ताप लगते ही गल जाएगी। अहना से इतनी व्रत-पूजा मैंने करवाई, पर फल क्या मिला ?

पति के कमरे में माँ और बगल के कमरे में बेटी रात-भर जागती रहीं। दोनों में से एक की पलकें भी नहीं बंद हुईं। अहना मशहरी की छत पर आँखें टिकाए ताकती रही। तो फिर यही भाग्य का फैसला है ? शायद भगवान की यही मर्जी है ! मुझे लेकर मेरे माँ-बाप कितने चिंतित है, उनका कितना अपमान हो रहा है? तो फिर जो होता है, होने दो। जो भी होगा, उसे टाला भी तो नहीं जा सकता है। सब कुछ पहले से तय है। हाय ! कितना अच्छा होता अगर मैं फिर से एक अबोध शिशु बन पाती ? पर ऐसा कभी होता है, न कभी होगा।

दूसरे दिन सूर्योदय से बहुत पहले जो अहना बिस्तर छोड़कर उठी वह कोई और ही अहना थी। उसका कायाकल्प हो चुका था। पहले वह घाट पर स्नान करने गई। आकर नई साड़ी पहनी। ग्वाले से बोली, ''जाकर गाय दुह लो।''

घर के बाहर दरवाजे पर पानी का छिड़काव किया। पिंजरे के तोते को दाना-पानी दिया। फूल और दूब तोड़कर देवस्थान के पास रख दिया और चंदन के पीढ़े पर बैठकर पूजा करने लगी।

माँ की नींद खुली तो उन्होंने आश्चर्य से अहना की ओर देखकर कहा, ''मुझे क्यों नहीं जगाया ?''

''यों ही। मेरी नींद जल्दी खुल गई थी।''

''तुमने कुछ खाया ? तुम तो जागकर रोज ही दही लाई खाती हो ?''

इन बातों पर कोई प्रतिक्रिया जताए बगैर अहना ने माँ से कहा, ''माँ ! तुम्हारे कपड़े और गमछा निकालकर रख दिया है।''

माँ अवाक् !

इस अहना के न मुँह पर हँसी थी, न आँखों में। धीर-स्थिर, जैसे कोई और लड़की हो।

''अहना !''

''चिंता मत करो, माँ ! मैंने तुम लोगों की सारी बातें सुन ली हैं। जाओ, सवेरे कितने काम निपटाने होते हैं ! मेरी चिंता न करो। लड़की को एक दिन पराए घर जाना ही होता है। वह तो पराया धन होती है, माँ।''

अहना की माँ अवाक् होकर बेटी की बातें सुनती रही। फिर डबडबाई आँखें फेर कर आगे बढ़ गई।

छह

मुकुंद की स्त्री ने मुकुंद से कहा, "सुनते हो ?"

"क्या ?"

"सुना है गनपति बनिया किसी बहुत सुंदर लड़की से ब्याह करने जा रहा है। बड़े घर की बेटी है।"

"क्यों ? गनपति की बहू तो है ?"

"मगर वह तो बाँझ है।"

"बहू अगर बाँझ भी हो तो दूसरी औरत ले आना मुझे पसंद नहीं।"

"वाह रे ! सभी तो करते हैं।"

"मुझे पसंद नहीं, और सभी करते भी नहीं है। रामाई के बड़े भाई ने तो दूसरा ब्याह नहीं किया। पति-पत्नी ने अपने छोटे भाई रामाई के बच्चों की परवरिश में जिंदगी बिता दी।"

"ऐसा तो करोड़ों में कोई एक होता है। मान लो मैं बाँझ होती तो क्या तुम दूसरी औरत नहीं लाते ?"

"दूसरे जनम में देखा जाता, इस जनम में तो करता नहीं।"

"खैर, छोड़ो ! अब मेरी बात सुनो। तुमने तो कितने ताड़पत्र लिख-लिखकर भर डाले। अब मेरी भी एक बात सुन लो।"

"सुन सकता हूँ, अगर तुम मेरी बाँह पर अपना सिर रखकर सुनाओ।"

"इसमें क्या है। अभी लो।"

पत्नी मुकुंद की बाँह पर सिर रखकर लेट गई।

"लो, सो गई। अब बात सुनो।"

"सिर में से बड़ी महक फूट रही है तुम्हारे ?"

"महक तो होगी। बनिए के वहाँ से कपूर और जड़ी-बूटी डालकर नारियल का महकौआ तेल बनाया है। अब बात सुनो। कहते हैं बनिए की होनेवाली बहू इतनी सुंदरी है, उसके बाल इतने सुंदर और घने हैं, उसका रंग..."

"यही बात कहनी थी ?"

"अरे नहीं ! आगे भी तो सुनो। ढेर-सारा सामान, गहने-कपड़े लेकर, लड़की के

भाई और पुरोहित के साथ उसका बाप आया था त्रिनयनी से, कनका के साथ ब्याह की बात तय करने।''

''वही कनका न, जिसे लोग खट्टा आम कहते हैं ?''

''और नहीं तो क्या ? बाहर से देखने में लाल, भीतर सिर्फ संदेह। चेहरा भी भगवान ने खूब बनाया है !''

''ठीक कहती हो। बीच-बीच में उसकी आवाज मैंने भी सुनी है। वैसे तो अच्छे लोग हैं। भलेमानुस लगते हैं। घर में कोई बड़ा-बूढ़ा है नहीं। इसीलिए कनका से बात करने आए होंगे कन्यापक्ष के लोग। अच्छा तो है।''

''इतना तो कोई नहीं करता। मरद की इच्छा हुई तो दूसरी औरत ब्याह लाता है।''

''जैसे मैं तुम्हें ब्याह लाया था ?''

''फिर मेरी बात ले उड़े ? तुम थे ही तब कितने बड़े ? छोटे से लड़के ही तो थे। माँ उतरूनी के स्नान परब पर गई थीं। वही तो मुझे पसंद करके लाई थीं। जाकर मेरी माँ से कहा था—बहिन ! तुम्हारी बेटी को मैं अपनी बहू बनाना चाहती हूँ। है कि नहीं यही बात ?''

''है तो। खाली अपनी बात ही करती रहोगी या...''

''नहीं, नहीं। सुनो,'' लड़की का बाप आकर बहुत खुशामद करके बोला, ''बेटी, तुम्हारी ही बहिन है। तुम्हारी माँ मेरे ताऊ की लड़की थीं। तुम्हारी छोटी बहिन अगर तुम्हारे घर दे सका तो मैं उसकी ओर से पूरा निश्चिंत हो जाऊँगा। और जानते हो ?''

''मैं कैसे जानूँगा ? बताओ न !''

लड़की के बाप ने कनका को सोने की बाली और चमचमाती गंगाजली साड़ी देकर कहा—'मैं तुम्हारा मामा हूँ। ले लो।'

''गंगाजली साड़ी कैसी होती है ?''

''ओह ! तुम नहीं समझोगे।''

''क्यों नहीं समझूँगा ?''

''गंगाजली बहुत दामी साड़ी होती है। मेरी माँ कहती थी, एक दिन मैं भी गंगाजली साड़ी पहनूँगी।''

''सच ? फिर तो मेरे पल्ले पड़ के तुम्हारी माँ की यह शुभकामना पूरी होती नहीं दीखती और...''

''अब, चुप भी करोगी ? मैं तो गनपति की बात कर रही थी..''

''अच्छा ! हाँ, गनपति की बात...तो फिर क्या हुआ ? कनका ने 'हाँ' की ?

''हाँ हाँ ! एकदम गल गई वह तो।''

सचमुच कनका गलकर पानी-पानी हो गई थी।

बोली थी, "मेरी दासी बन कर रहेगी, सेवा करेगी—यह क्या कह रहे हैं, मामा ? वह मेरी छोटी बहिन है, मैं उसकी दीदी हूँ। दोनों बहनें मिलकर घर का काम करेंगी, गप्पें मारेंगी और हँसी-खुशी से दिन बिताएँगी।"

"उसकी संतान तुम्हारी भी होगी।"

"निश्चय। मैं उसके बच्चों की बड़ी माँ होऊँगी। मगर आप मेरा घर-बार देख रहे हैं न ?"

"इस घर में लक्ष्मी का वास है। और लड़की का जहाँ अन्न-जल लिखा होता है, वहीं तो जाती है।"

शचीपति ने सब अच्छी तरह देख लिया था। घर भले ही मिट्टी का था, पर छतें ऊँची थीं और छत पर नई छाजन थी। कमरे और सहन लिपे-पुते और साफ-सुथरे थे। चारों ओर सबकुछ चमाचम था।

कनका ने कहा, "गमछा और कपड़े निकाल दिए हैं। तेल भी शीशी में रखा है। जल्दी से नहा लीजिए, भोजन तैयार है।"

"बेटी, इस घर में लड़की देने आया हूँ और यहाँ का अन्न-जल ग्रहण करूँ। ऐसा भी कहीं होता है ?"

"भानजी के घर मामा खाए, भाई खाए तो कोई दोष नहीं। पुरोहितजी हमारे आचारज (आचार्य) महाशय के वहाँ गए हैं। आप लोग मुँह जूठा नहीं करेंगे तो मुझे बहुत दुःख होगा।"

हार मानकर शचीपति ने स्नान किया। खाना-पीना भी हुआ। नई थाली में सात तरह के व्यंजनों के साथ भात परोसा गया।

"तुम्हारे हाथ की रसोई एकदम हमारी माँ और मौसी जैसी है। क्यों न हो ? बेटी उन्हीं के घर की तो हो।"

"हमारी सास भी भोजन बनाने में मशहूर थीं। समाज में जहाँ कहीं भी भोज-यज्ञ होता उन्हें हाथ-पैर जोड़कर ले जाते थे।"

"तो बेटी, तुम्हारी रजामंदी हो तो ब्याह का दिन तय करूँ ?"

"करिए, मामा। इसमें अब मुझे और कुछ नहीं कहना।"

कनका ने भी नई हाँडी में दूध की मिठाइयाँ भरकर, नए कपड़े से उसका मुँह बाँधकर, साथ में अग्नीश्वर केलों की एक घौद रखकर मामा को दिए।

कनका ने कहा, "अहना आ जाए, तो उसके सिर पर घर का भार डालकर मैं भी मामा का घर देखने आऊँगी।"

"जरूर आना, बेटी। कुँवारी लड़की के बाप की हालत तो तुम जानती ही हो। नाती होगा, तब उसे देखने आऊँगा।"

"वह तो है ही। आदमी भेजकर हमारी भी खबर लेते रहिएगा।"

"अच्छा ! अब चलता हूँ।"

कनका ने झुककर मामा के पाँव छुए।

आज उसका मन बेहद-बेहद खुश था। वह एक अच्छा काम करने जा रही है। कुल का दीपक लाने के लिए अपनी मरजी से घर में सौत ला रही है। लड़की वालों ने चिवड़ा, दही, नारियल, मिठाई, तरह-तरह की चीजें भेजी हैं। इस कारण भी वह प्रसन्न है।

पड़ोसियों के घर वह बायना भेजेगी। देखें सब, कैसे घर से सौत ला रही है वह ?

बालियों का जोड़ा भी कितना सुंदर है ? किस सुनार ने बनाया है ? ऐसी बढ़िया पच्चीकारी की है ? गंगाजली साड़ी भी कितनी सुंदर है ?

कनका ने गनपति से कहा, "सौत ला रहे हो। मुझे मंजूर है। पर नई रेशमी साड़ी, सोने की चूड़ियाँ और सोने की मणिमाला लूँगी।"

गनपति ने चाँदी के एक सौ खनखनाते सिक्के कनका के आँचल में ढाल दिए।

"लो, तुम्हारी जो-जो मरजी हो, कर लो।"

कनका को लगा, आने वाली बहू के पाँव शुभ हैं। वर्ना गनपति की मुट्ठी में से पैसे कहाँ निकलते हैं ? गनपति बड़ा कंजूस है, बड़ा ही मक्खीचूस।

कनका ने कहा, "बढ़ई को बुलाओ। माँ का पलंग पालिश कराऊँगी। अहना को भी तो एक कमरा चाहिए। और आँगन में छोलदारी डलवाकर गाँव भर को भोजन कराऊँगी। लड़कीवाले भी देखें, कैसे घर में अपनी बेटी दे रहे हैं।"

ब्याह के पहले तरह-तरह की अफवाहें उठीं, कूटनीति की चालें चली गईं। इस बीच शचीपति एक बार और आए। कनका से बोले–"समाज में अच्छे-बुरे हर तरह के लोग हैं। ऐसे भी हैं, जो किसी का काम बिगाड़ने में बिला-बात लगे रहते हैं। तुम किसी कुचर्चा पर कान न देना।"

फिर आगे कहा :

"पाँच लोगों को खोपड़ी लगाकर बात फैलाई कि जरूर लड़की में कोई दोष होगा, वर्ना चौदह साल की उमर तक उसका ब्याह क्यों नहीं हुआ ? बात मेरे कानों तक भी पहुँची। उन्हें लेकर मैं रामाचार्य ज्योतिषी के पास गया। अहना की जन्मकुंडली उन्हीं ने बनाई थी। उनसे ही पढ़वाकर पाँच जनों को सुनवाया। इतना कुछ करने के बाद समाज ने माना कि अहना निर्दोष है। अब तक बेचारी को अपयश और कलंक सहना पड़ा है। तुम लोग तो जन्मकुंडली की बात जानते ही हो। तुम्हारे पुरोहित ने भी देखी है जन्मकुंडली। चाहो तो और किसी से दिखा लो।"

"मामा ! मैंने तुम पर अविश्वास तो नहीं किया।"

"फिर भी, बेटी। दिखा लो तो अच्छा। सावधान रहने में कोई हर्ज नहीं।

दामिन्या के समाज में मेरी बेटी को लेकर कोई प्रवाद फैले, यह मैं नहीं चाहता। यहाँ किसको दिखाना चाहोगी ?''

गनपति ने हाथ जोड़कर कहा, ''हमारे यहाँ के मुकुंदराम चक्रवर्ती कई पुश्तों से ज्योतिष के पंडित माने जाते हैं।

''वे क्या जन्मकुंडली का काम करते हैं ?''

''कोई गले पड़ जाए तो कर देते हैं।''

''उन्हें क्या दक्षिणा देनी होगी ?''

कान छूकर गनपति ने दाँतों में जीभ दबाकर कहा, ''नहीं ! वे वैसे पंडित नहीं हैं।''

कनका ने कहा, ''बड़े ज्ञानी-गुनी हैं। घर तो पोथियों से भरा हुआ है।''

गनपति ने कहा, ''संस्कृति के महापंडित तो हैं ही, फारसी भी जानते हैं। अभी तो बादशाही अमल है। जमीन-जायदात के बारे में अमीन क्या कहता है, जानने के लिए हम उन्हीं के पास जाते हैं।''

''तो फिर चलो। उन्हीं के पास चलते हैं। तुम अपने समाज के प्रमुख लोगों को भी साथ ले चलो।''

''मधुकर, यदुनंदन, गोपालदास को ले चलते हैं। समाज में इन्हीं का दबदबा है।''

एक सुदर्शन प्रौढ़ के साथ दामिन्या के वणिक-समाज को आता देखकर मुकुंद चौंके। घर के बाहर लकड़ी के ढेर-सारे आसन रखे ही रहते थे। लोग आकर उन्हीं पर बैठते थे और लोगों का आना तो लगा ही रहता था। जब कोई नहीं होता तो शिवराम और शिउली इन पर उछल-कूद मचाते हैं।

मुकुंद की पत्नी बड़े कौतूहल से घर के दरवाजे के पीछे घूँघट डाले, इनकी बातें सुनने को खड़ी हो गई।

चकित मुकुंद पंडित ने आगंतुकों का प्रणाम स्वीकार किया। आगंतुकों ने जमीन पर सिर रखकर प्रणाम किया। मुकुंद ने हाथ उठाकर उन्हें आशीर्वाद दिया। फिर बोले, ''आप सभी आसन ग्रहण करें, पर मधुकर, इन्हें मैंने नहीं पहचाना।'' शचीपति की ओर इंगित करते हुए मुकुंद ने पूछा।

शचीपति ने गहरी साँस लेते हुए खुद अपना परिचय दिया।

''मैं एक कन्या का अभागा पिता हूँ। आदमी सौ तरह से दुर्दशाग्रस्त हो सकता है। मगर ठाकुर, इस ग्यारहवें बंगाब्द में इस बंगाल सूबे में, जिसके घर बिनब्याही लड़की बैठी हो, उसके जैसा अभागा कोई नहीं। वह समाज का अपराधी होता है ।''

''आपकी बेटी है ?'' मुकुंद ने पूछा।

तभी कमर में लाल गमछा लपेटे और गले में ताबीज डाले, घुँघराले बालों का जूड़ा सिर पर बाँधे दो साल की एक बच्ची चाँदी की पायल झनकाती आकर मुकुंद पंडित की गोद में बैठ गई। वह उनकी बेटी शिउली थी।

शचीपति ने आँखों में याचना भरे पूछा, "आपकी कन्या है ?"

मुकुंद ने शिउली के माथे का चुंबन लिया और बालिका को गोद से उतारकर कहा, "शिबू, बहिन को ले जा।" फिर शचीपति के प्रश्न का उत्तर दिया, "यही एक कन्या है मेरी।"

"मेरी भी वही एक कन्या है। नाम है अहना।"

"अहन अर्थात् दिवस। यह नाम किसने दिया ? ऐसा नाम पहले तो कभी सुना नहीं गया।"

"यह नाम ज्योतिषी रामाचार्य ने दिया है।"

"विख्यात पंडित हैं।"

"वही मेरे घर के सब विधि-विधान संपन्न कराते हैं..." सारी बातें विस्तार से बता कर शचीपति ने हाथ जोड़कर कहा, "ठाकुर ! यह मेरी पुत्री की जन्मकुंडली है। इसे देखकर बता दीजिए कि मैंने बेटी का ब्याह पहले क्यों नहीं किया। समाज के लोग भी जान लें।"

"निश्चय !"

जन्मकुंडली बाँचते-बाँचते एकाएक मुकुंद पंडित पत्थर हो गए। सिर पर हाथ रखकर विचार करने लगे।

"बोलिए ठाकुर।" शचीपति ने दो पल बाद कहा।

"इसे रजस्वला होने के पहले ब्याहने पर यह विधवा हो जाती। और अब इसका विवाह होने पर यह जीवनपर्यंत सधवा रहेगी। पति का हर प्रकार से भला होगा। इसकी एक सौत होगी, यह भी लिखा है कुंडली में।"

"तो फिर...?"

"जन्मकुंडली के अनुसार ही आप कार्य कर रहे हैं।"

"क्या कन्या पुत्रवती होगी ?"

"लिखा है—पुत्रभाग्ये यशोलाभः, श्रीवृद्धिः अर्थात् पुत्र होगा, जो बड़ा होकर यशस्वी और धनवान होगा। गनपति का भाग्य बहुत अच्छा है।"

"मेरी बेटी की भी किस्मत अच्छी है। ऐसा गाँव, सज्जनों का समाज, जहाँ ऐसे महापंडित ब्राह्मण हों—सब प्रकार से उपयुक्त है। वणिक-समाज का दुर्भाग्य तो आपसे छिपा नहीं है ?"

"जानता हूँ। 'बल्लालचरित' पढ़ी है मैंने।"

"हमें तो ग्रंथ के दर्शन नहीं हुए। क्या लिखा है, ठाकुर ?"

"उसकी रचना 100 बंगाब्द में हुई थी। एक ने पहले शुरू किया, फिर दूसरे ने

समाप्त किया। यह सब मैंने पंडितों से जाना...''

''हम वणिकों के बारे में उसमें क्या लिखा गया है ?''

''संक्षेप में कथा यों है ! सुवर्णवणिकों का बल्लाल सेन के समय में समाज में बड़ा मान था। वे उच्च वर्ग के माने जाते थे। एक बार दुर्दिन में बल्लाल सेन ने एक धनी सुवर्णवणिक से ढेर-सारी स्वर्णमुद्राएँ उधार लीं। करोड़ों-करोड़ स्वर्णमुद्राएँ...।''

शचीपति की चिंता और दुःख जैसे दूर चले गए। उन्होंने आश्चर्य से कहा, ''करोड़ों रुपयों का सोना !''

मधुकर ने पूछा, ''कितने रुपए हुए ?''

मुकुंद ने हँसकर कहा, ''मुझे क्या मालूम ? हमारे पास तो संपत्ति के नाम पर कुछ पोथियाँ हैं और हमारी घर की शांति।''

''ठाकुर, आप हमें बताइए, फिर क्या हुआ ?''

''दूसरी बार फिर जब राजा बल्लाल सेन ने वणिक से स्वर्णमुद्राएँ उधार माँगीं, तो उसने मुद्राओं के बदले में राज्य के एक भाग पर अधिकार माँगा। राजा इस पर रुष्ट हो गए। जैसा कि याद पड़ता है राजा ने कुपित होकर आपके समाज पर तरह-तरह के अत्याचार किए, आपकी धन-संपत्ति जब्त कर ली।...''

''फिर ? फिर क्या हुआ ? यह जानकर ही मन में कितना बल आ गया कि एक समय हमारे पूर्वज धनी-मानी थे। राजा को भी उनसे उधार लेना पड़ता था। हाँ, फिर ?''

''बल्लाल सेन सुवर्णवणिकों पर आक्रमण करने का बहाना खोज रहे थे। उन्होंने छल से सभी सुवर्णवणिकों का अपमान करने का एक बहाना ढूँढ़ निकाला। उन्होंने सभी सुवर्णवणिकों को भोज के लिए निमंत्रित किया भोज में सुवर्णवणिकों को शूद्रों की पंगत में बिठाने की योजना थी। सुवर्णवणिकों को इसका पता चल गया। वे भोज में गए ही नहीं।''

''फिर ?''

''राजा को सुवर्णवणिकों को प्रताड़ित करने का बहाना ढूँढ़ ही रहे थे। बहाना उन्हें मिल भी गया। सुवर्णवणिकों द्वारा राजा का निमंत्रण अस्वीकार करना राजा ने अपना अपमान माना। उन्होंने वणिकों का दर्जा समाज में नीचे कर दिया। केवटों को ऊपर उठाया और वणिकों को नीचे गिराया। 'वृहद्धर्भ पुराण' में एक स्थान पर बताया गया है कि ब्राह्मणों को छोड़कर शेष समाज के तीन भाग के वणिकों से ऊपर मानने की आज्ञा कर दी। सुवर्णवणिकों का सामाजिक स्तर बहुत नीचा कर दिया।''

''एक दिन हमारा दर्जा भी ऊँचा था ?'' किसी ने पूछा।

''निश्चय ही ऊँचा था। गंधवणिकों की नौकाएँ देश-देशांतर को जाती थीं। सोना, चाँदी, मणि, मुक्ता और हीरे का व्यापार आप लोगों के ही हाथों में था। ऐसे भी सुवर्णवणिक थे, जो ब्राह्मण को सोने की गाय दान में देते थे।''

शचीपति ने पूछा, "इसका मतलब है चाँद सौदागर, धनपति सौदागर आदि की कहानियाँ सिर्फ कहानियाँ नहीं हैं ?"

"कहानियों के पीछे कहानियाँ होती हैं। उपाख्यान के पीछे उपाख्यान होते हैं। इन्हीं के बीच सत्य होता है। अगर चाँद सौदागर पूजा न करता तो क्या मनसा देवी को पूजा मिलती। और मंगलचंडी की घटपूजा...उसकी भी तो एक कथा है।"

शचीपति ने कहा, "कैसे-कैसे लोग थे वणिक-समाज में ! और आज हम वह सब भूलकर एक दूसरे को डसते फिर रहे हैं। तो फिर...ठाकुर ! 'वाणिज्ये वसति लक्ष्मी' यह बात तो सच थी ?"

"हाँ ! पोथी में लिखी बात झूठी नहीं हो सकती।"

"धन्य दामिन्या का बनिया-समाज ! मैं तो इतनी आसानी से आप लोगों के दर्शन पाकर धन्य हुआ। अच्छा ! अब मेरे विदा होने का समय हो गया, चलता हूँ।" शचीपति ने हाथ जोड़कर उठते हुए कहा।

तभी शिवराम ने आकर अपने पिता से कहा, "माँ प्रसाद भेज रही है।"

मुकुंद भीतर गए और काठ के बर्तन में फल-मूल और केले के पत्ते लेकर बाहर आए। हलधर पानी की कलसी ले आया। मुकुंद ने केले के पत्ते के टुकड़े पर फल-मूल और छेना परोसकर अतिथियों के हाथों पर रखा।

प्रसाद खाकर और पानी पीकर शचीपति सहित सभी आगंतुकों ने माटी पर सिर रखकर मुकुंद पंडित को प्रणाम किया और चल पड़े। शचीपति का अंतर परम संतुष्ट था। वे यहाँ एक दुःख लेकर आए थे, पर एक अन्य भाव से शांति पाकर जा रहे हैं।

जाते-जाते बोले, "इन्हें ऐश्वर्य की क्या जरूरत ? विद्वान और पंडित तो देवता-समान हैं।"

यदुनंदन ने कहा, "इनका वंश वही विद्वानों का है। पंडित की माँ की बोली इतनी मीठी थी कि क्या कहें ! जैसे पत्थर के लोटे में चीनी का शर्बत।"

गनपति ने कहा, "मेरा घर मोहल्ले के एक किनारे है, पंडितजी के घर से उनका पुरवा शुरू होता है, पर आज तक मैंने उनके घर से कोई ऊँची आवाज आती नहीं सुनी।"

"अच्छा अब मैं विदा लेता हूँ। तो फिर मैं जाकर विवाह की तैयारी करता हूँ ?"

यदुनंदन दामिन्या के बनिया-समाज के सिरमौर सुनंद का बेटा था। समाज की बैठकों में कभी पिता आते थे तो कभी पुत्र।

यदुनंदन ने कहा, "इसमें अब बात करने को क्या रहा ? शुभ काम में देर कैसी ?"

गनपति पूरी तरह आश्वस्त हो गए।

रात में पत्नी ने मुकुंद से पूछा, "तुमने उन लोगों को जो कुछ बताया, क्या वह

सब सच है ?"

"ग्रंथ में तो ऐसा ही लिखा है।"

"कितना सुंदर था लड़की का बाप !"

"भला आदमी बड़ा ही दुखी था। लड़की का बाप है न ! लड़की की कुंडली भी विचित्र है। पर...मुझे प्रसन्नता है कि उसके बाप को थोड़ी तसल्ली दे सका। दुखी व्यक्ति को सांत्वना देने के लिए झूठ बोलने में भी पाप नहीं है।"

"लड़की सुखी होगी न ?"

मुकुंद ने सूखे गले से जवाब दिया, "जैसे और लड़कियों का जीवन बीतता है, वैसे ही इसका भी बीतेगा।"

"लड़की के पिता और गनपति को देखकर तो..."

"खैर, छोड़ो ये बातें।"

"एक दिन हमें भी शिउली का ब्याह करना होगा।"

मुकुंद ने हँसते हुए प्यार से कहा, "बाप जैसे सुखी हुआ है वैसे ही वह भी सुखी होगी। माँ जैसे सुखी हुई है, वैसे ही वह भी होगी।"

"ओ माँ ! सुना तुमने ?"

"क्या ?"

"कहीं पर साँप...राम, राम ! आस्तीक, आस्तीक ! गरुड़, गरुड़ !* लता आकर नन्हे बच्चे को दूध पिलाती है। वह माँ का दूध नहीं पीता।"

"मोहन की माँ की बात कर रही हो न ?"

"हाँ !"

"समझा। ढेर-सा तेल डालकर जरा बड़ा प्रदीप जलना तो।"

"जलाती हूँ।"

"तुम जब...दिया जलाती हो...तो मुझे बहुत अच्छा लगता है तुम्हें देखना।"

पत्नी ने हँसते हुए प्रदीप जलाया और पास आकर खड़ी हो गई।

---

* बंगाल में साँप का नाम नहीं लेते। आस्तीक और गरुड़ का नाम लेने से साँप डरकर भाग जाएगा, ऐसा उनका विश्वास है।

सात

इसके बाद घटनाएँ तेजी से घटीं। पर माँ-बाप की बातचीत सुनकर भी अहना के व्यवहार में कोई परिवर्तन नहीं आया। वह पहले की तरह ही बनी रही, किसी की भी पकड़ के बाहर, एकदम प्रतिक्रियाहीन।

कोई कुछ कहता तो हँसकर जवाब देती, पर असली प्रश्न का कोई उत्तर नहीं देती थी।

माँ भी निरुपाय हो गई थीं।

"चल, अहना तेल-खली मलकर तुझे नहला दूँ।"

"इतनी बड़ी लड़की को भला कोई नहलाता है ?"

"कितनी बड़ी हो गई रे तू ?"

"बहोत बड़ी।"

अहना क्या अब वही अहना है ?

"देख तो, तेरे पिता कैसी सुंदर साड़ी लाए हैं !"

"देखूँ, सच, बहुत अच्छी है।"

अहना वैसे बेहद सहज भाव से सारे काम-काज करती है। बीच-बीच में कथरी सीने बैठ जाती है।

"क्यों आँखें फोड़कर सीने बैठी है ?" माँ कहती।

"देखो न माँ, कितने दिन हुए इसे शुरू किए ? थोड़ी सी रह गई है। सर्दी में तुम्हारे ओढ़ने के लिए बना रही हूँ।"

"उनके लिए भी ऐसी ही कथरी बना देना।"

"उनके लिए ? अच्छा ! बनाऊँगी।"

मोहल्ले के लोग अहना को भोजन कराने के लिए बुलाते। सभी अहना को प्यार करते थे। वह सभी का हाथ बँटाती थी—कभी किसी का बच्चा झुलवाती, किसी का चावल बीन देती, किसी की सब्जी काट देती, किसी का साग साफ कर देती। लड़की घर-गिरस्ती में लिपटी ही रहती थी।

नंदरानी के घर भोजन करते हुए अहना ने अचानक पूछा, "सयानी लड़की को भात क्यों खिलाते हैं ?"

"वैसे ही। समाज का नियम है, इसलिए।"

"हाँ भाभी ! सबकुछ नियमों की जंजीरों में बँधा हुआ है। यह जो सयानी लड़की को भात खिलाते हैं न, शायद इसका मतलब यह है कि पराए घर जाने के बाद तो फिर वापिस आना मुश्किल होगा। इसीलिए !"

"क्यों रे ? क्या मैं अपने मायके नहीं गई थी ?"

"तुम जाती हो, मेरी भावज भी जाती है, मगर सभी को तो यह सुख नहीं मिलता। त्रिनयनी का कौन आया, बोलो। कुंद, मुक्तामाला, गोपाली, पद्ममुखी—जिनके साथ मैं खेलती थी, सभी ससुराल में हैं। इनमें से कोई आया कभी ?"

"उनका मन लग गया है ससुराल में।"

"नहीं हो, नहीं। वहाँ उन्हें उनके नियमों के मुताबिक चलना पड़ता है। इसीलिए नहीं आ पातीं।"

"अहना ! तेरे मन में क्या दुःख है ?"

"क्यों ? अच्छी-भली खा तो रही हूँ।"

"इस ब्याह को लेकर तुझे कोई दुःख है क्या ?"

"नहीं भौजी, कोई दुःख नहीं है। हमारी कुंडली में जैसा लिखा है वैसा ही तो होगा। तुम भी तो मुझे अपनी भावज बनाना चाहती थी, बना पाई क्या ? रजस्वला लड़की का ब्याह होता ही नहीं। आकंद बुआ को देखा नहीं ? दस साल की उमर में ही जो होना था, हो गया। उनका ब्याह ही नहीं हुआ ? तभी से बाप के घर बैठी हैं। अब भाइयों के घर की नौकरानी बनकर जीवन काट रही हैं। दामिन्या के ये लोग तो फिर भी अच्छे हैं। सब कुछ जान-बूझकर भी मुझे अपना रहे हैं।"

नंदरानी ने अहना को अपनी बाँहों में भर लिया और फफक कर रो पड़ी।

बोली, "कैसी बातें कर रही है, अहना ? क्यों तू हम लोगों से इतनी दूर होती जा रही है ?"

"हाथ में भात लेकर रोते नहीं।"

"तू दुखी मत हो। ताऊजी तुझे ले आएँगे। हमेशा के लिए थोड़े ही छोड़ आएँगे।"

"हमारी सौत क्या राजी होगी ?"

"होगी, होगी। किसने सुना है कि लड़की के बाप ने बेटी की सौत को सोने के गहने, रेशम की साड़ी और आलता-सिंदूर-कंघी-सिर का तेल, डाली में सजाकर, दिया है।"

"सौतवाले घर में बेटी को डालना है तो देना ही होगा यह सब।"

"ठीक से रहना ससुराल में। तेरा मरद तुझे बहुत प्यार करेगा।"

"ठीक से रहना का क्या मतलब ? वे जैसे रखेंगे, वैसे रहूँगी। पद्ममुखी को ले

जाकर, उसकी ससुरालवाले पद्म की सौत को या तो गोशाला में सुलाते हैं या ढेंकीघर में। वह भी क्या करती ? जैसे रखेंगे वैसे तो रहेगी।''

''क्यों, तेरी माँ ने दूसरे का घर नहीं सँभाला ? मैं नहीं सँभाल रही हूँ ?''

अहना ने थकी हुई आवाज में कहा, ''विधाता कितनी ही स्त्रियों को बहुत दुःख देते हैं। कभी-कभी दो-एक को सुख भी देते हैं। सभी स्त्रियों को अगर दुःख के साथ थोड़ा सुख भी देते तो कितना अच्छा होता, पर शायद उनके यहाँ यह नियम नहीं है।''

''तू बहुत बदल गई है, अहना।''

''नहीं, यह बात नहीं है। पहले कुछ सोचती न थी। अब सोचती हूँ। पहले कुछ समझती न थी, अब बातें समझ में आ रही हैं। मेरे माँ-बाप मेरे साथ बड़ा अन्याय कर रहे हैं।''

''कैसे ?''

अहना दीवार के सहारे बैठ गई। फिर थोड़ा हँसकर बोली, ''हमारे माँ-बाप ने जहाँ मेरे पाँव पड़े वहाँ अपनी छाती बिछा दी। दूध की मलाई और मक्खन की कटोरी मेरे लिए रखी रहती है। मुझे नीला रंग पसंद है, इसलिए मेरे पिताजी हमेशा मेरे लिए नीली साड़ी ताँती से बुनवाकर लाते हैं। भिखारी को मैं नया कपड़ा और टोकरी-भर चावल दे देती हूँ तो भी मेरे माँ-बाप मना नहीं करते। भैया को पढ़ते देखकर मैंने भी पढ़ने की जिद की तो मुझे भी पढ़ाया गया। क्या दूसरे लोग मुझे इसी तरह रखेंगे ?''

''डर मत, रानी। सब अच्छा होगा।''

''डर किस बात का ? मैं कुछ सोचती ही नहीं।''

''तेरा पति तुझे बहुत प्यार करेगा।''

''अगर मैं उसे बेटा न दे सकी तो वह एक और अहना ले आएगा। उसे तो बेटा चाहिए। उसे बेटा चाहिए, सौत को नौकरानी चाहिए...यह लो ! तू क्यों रोने लगी ? रोओ मत। मैं खुशी-खुशी जाऊँगी और खुशी-खुशी रहूँगी।''

''मैं तुझसे मिलने आऊँगी। देखूँगी तू कैसे रह रही है।''

''मैंने कभी किसी का मन नहीं रखा। सब मेरा मन रखते रहे। अब मैं अपनी ससुराल के कुत्ते-बिल्लियों का भी मन रखकर चलूँगी। सच ! सोचती हूँ तो हँसी आती है।''

''अभी भी क्या...''

''नहीं, भौजी। मुझे पार न उतारे तो मेरे पिता को शायद अनंत नरक भोगना पड़ेगा, यही नियम है। इसीलिए सोचती हूँ डोम-डोमनी, वेदे-वेदनी, सपेरे, बाजीगर वगैरह ही मजे में हैं। कच्ची उमर में लड़कियाँ नहीं ब्याहते। पति-पत्नी रास्ता-घाट में अधनंगे फिरते हैं, तो भी उनकी निंदा नहीं होती। लड़कियाँ जिसे पसंद करती हैं,

उसी के गले में माला डालती हैं। विधाता को नहीं जानते वे, सामाजिक नियम नहीं जानते। मजे में हैं वे। चलो, उठो। अब मुझे घर जाना है। नींद आ रही है।

क्रमशः ब्याह का दिन भी आ गया।

उन्हीं दिनों अहना की माँ एक बार रति हाड़िनी की खोज में निकलीं। केले के बाग में चुपके से उससे मिलीं और फुसफुसा कर कहा, "रति, तेरे हाथ जोड़ती हूँ, ऐसी जड़ी-बूटी दे दे कि अहना का पति उसके वश में रहे। बेटी, बड़ी मुश्किल में फँस कर अपनी सोने की पुतली को सौतवाले घर में डाल रही हूँ। तुझे मैं नई साड़ी और सोने की बाली दूँगी।"

सोने की बाली की बात सुनकर रति हाड़िनी की आँखें चमकने लगीं। उसने घुटनों तक धोती बाँध रखी थी। रूखे बालों का झोंटा उड़ रहा था। देखने में मजबूत और कड़ियल लग रही थी। चूँकि जड़ी-बूटियाँ देना, मंत्र मारना, टोना-टोटका करना, वशीकरण, भूत-प्रेत चलाना उसका पेशा था, इसलिए सभी उससे सहमते थे। वह बिला रोक-टोक सभी के बागों में घुस जाती थी और मर्जी के मुताबिक सब्जियाँ-फल तोड़ लेती थी। लोग कहते, "कोई बात नहीं। रति ने लिया या बंदर-चिड़िया ने खाया, बात एक ही है।"

रात्रि-जागरण, ताड़ी-सेवन और अपने प्रेमी धोबी की अकाल-मृत्यु के कारण रति उस समय करुणा से कातर थी। अपने दुःख से जितनी कातर थी, उतनी ही कातर दूसरी स्त्रियों के दुखों से भी थी।

उसने कहा, "अब मैं बाली पहनकर क्या करूँगी ? हमारा ऐसा सजीला जवान उठ गया।"

"मेरा काम कर दे, बेटी।"

"कहती हो, सौतवाले घर में बेटी को ब्याह रही हो ?"

"हाँ रे ! क्या करूँ ?"

"अच्छा ! क्या सौत के बेटा है ?"

"नहीं, बाँझ है।"

"समझी। जभी दीदी को वे लोग ले रहे हैं। सौत को काँटा मारकर खतम कर देती हूँ ?"

"नहीं, नहीं, रति। ऐसी बात मुँह पर न लाना।"

रति ने निस्पृह भाव से कहा, "मुझे क्या ? मैं तो सोच रही थी बान मारकर सौत को खतम कर दूँ। सूखे आँगन में ही फिसल कर उतान गिरती, बस खतम। दीदी अकेली मालकिन होकर राज करतीं। मगर तुम नहीं चाहती तो न सही। सौत को मरद की आँखों में जहर बना दूँ और दीदी के बस में कर दूँ, यह चाहती हो न ?"

"हाँ, बस इतना हो जाता तो..."

"ठीक है। आज है सोम्मार, कल होगा मंगर। दीदी के बासी कपड़े का एक

सूता, कंघी का एक बाल और जूड़े का एक काँटा मुझे दे जाना। साथ में एक सीधा।''

''सब कुछ लाऊँगी।''

अहना की माँ ने चुपचाप सभी चीजें लाकर दे दीं। लकड़ी के बड़े बर्तन में दाल, चावल, तेल की शीशी और मसाला भी आईं।

रति ने कहा, ''पकाने को मन नहीं करता, मगर इस मशीन को चलाना है तो इसके लिए सब करना पड़ता है।''

''मछली दूँ ?''

''नहीं, नहीं, माँ ! ब्याह अभी हुआ नहीं। अभी एक महीना माँस-मछली नहीं लूँगी।''

रति चली गई। आह ! कंता को माँस-मछली-केकड़ा कितना पसंद था ? सालों से बिना बाल-बच्चों का कंता कोई काम नहीं करता था, यह बात सभी जानते थे। रति के घर पड़ा रहता था। वही उसके लिए भी खाने-कपड़े का जोगाड़ करती थी।

रति की अलौकिक शक्तियों पर दखल है, इसी कारण कोई कुछ बोलता न था।

अहना की माँ का मन हलका हो गया।

शनिवार को छोटे से लाल कपड़े में कुछ बाँधकर ले आई रति। बोली, ''मंगलवार से ही दौड़ रही हूँ।''

''लाई है ?''

''हाँ। सभी कुछ सोचना पड़ता है न, माँ। तुमने कहा सौत है। पर वह हमेशा थोड़े ही नजर रख पाएगी। इसीलिए ऐसी दवा दी हे कि चाहे तो पति को सुँघा दे या पीस के पिला दे। यह पोटली दामाद के तकिए में घुसाकर उसका मुँह सिल देने से भी काम हो जाएगा।''

''काम होगा न ?''

''काम न हुआ तो मेरा ही अनभल होगा। चक्कर खाके तुम्हारे केले के बाग में गिरूँगी आकर और मुँह से खून बोकड़ कर मर जाऊँगी। और सबूत चाहिए ?''

''नही, बेटी। यह लो तुम अपनी बाली। क्या कहूँ, लड़की मेरी जैसे पत्थर हो गई है।''

''सौत का डर क्या मामूली होता है ? कोई बात नहीं। उनका डर खतम हो जाएगा।''

अहना की माँ ने पोटली अपने कपड़ों में छिपा ली। सोचा, तकिए में डालना ही ठीक रहेगा। पीस कर पिलाने में खतरा है। पोल खुल गई तो लोग कहेंगे—आदमी को जहर दे रही थी।

निश्चिंत होकर अहना की माँ ब्याह के सरंजाम जुटाने में लग गईं। मामूली लफड़ा होता है ब्याह में ?

जिसने, जो भी कहा, अहना करती गई, और ब्याह के लिए नई साड़ी, नई चोली पहनकर, गहनों से सजी-धजी चटाई पर बैठी रही।

नंदरानी वगैरह फूलों की सेज सजा रही थीं। पलंग पर फूलों का बिछौना, फूलों का ही तकिया सबकुछ सजाकर उन्होंने अपनी कारीगरी दिखाई। फूलों की मालाओं और अबरक की मालाओं से कमरा जगर-मगर कर रहा था।

नंदरानी अहना के पास आ बैठी।

"तू तो पहचान में ही नहीं आ रही है।"

"दीवार से टिक कर बैठती हूँ। कमर तो काठ हो रही है।"

"टिक जा न। पसीने-पसीने क्यों हो रही है ?"

"मुझे बड़ा डर लग रहा है।"

"डर की क्या बात है ? सभी का ब्याह होता है।"

"डर लग रहा है !"

"आज तो फूलसज्जा* है...।"

"तुम लोग मेरे पास रहोगी न ?"

"जरूर !"

अहना ने आँखें मूँद लीं। बेहुला-लखींदार की कथा है। फूलसज्जा की रात में वर-वधू एकत्र नहीं रहते। रहें तो रात बीतते न बीतते वधू विधवा हो जाती है।

मगर ससुराल जाकर ?

तभी वर आ गया।

दामिन्या में कभी कोई बहू इतनी शानोशौकत से ससुराल नहीं आई थी। सजी हुई पालकी में वर-वधू, पीछे से बैलगाड़ियों पर, पलंग, बिस्तरे, बर्तन और कपड़ों की पिटारियाँ। उसके पीछे कहारों द्वारा कंधे पर ढोकर लाए गए कितने ही साज-सामान। दही, मछली, मक्खन, मिठाइयाँ, फल, घी तरकारियाँ, मसाले, सुगंधित तेल, आलता, कंघी और समाज में बाँटने के लिए चाँदी के कटोरे—क्या नहीं भेजा था लड़की के बाप ने।

लोगों ने भीड़ लगाकर अहना को देखा और अवाक् रह गए। शांत, धीर-गंभीर, अहना का सौंदर्य अपरूप था।

कनका गर्व से चारों ओर देख रही थी। विसर्जन के पूर्व जैसे प्रतिमा को दिखाया जाता है, उसी तरह कनका जैसे सब कुछ प्रदर्शित कर रही थी। अपरूपा सुंदरी उसकी सौत जितने धन-धान्य से लदी-फदी आई थी, जो भी शानोशौकत दिखाई पड़ रही थी, सब कुछ जैसे कनका के लिए ही संभव हुआ था। वह अकेली इस सब के लिए जिम्मेदार है।

---

*फूलसज्जा (पुष्पशैय्या) का अर्थ पति-पत्नी का विवाह के बाद प्रथम परिचय की रात।

कनका ने आगे बढ़कर वर-वधू का स्वागत किया।

"आओ बहिन, आओ। मैं तुम्हारी दीदी हूँ।"

अहना ने पाँव पड़कर प्रणाम किया।

सुहागरात में किसी ने छिपकर कुछ नहीं सुना। अहना पति की प्रतीक्षा में पलंग पर बैठी थी। इस रात में क्या होता है, इसे लेकर लोग मजाक में बहुत-कुछ कहते हैं। अहना की आँखें जैसे बड़ी ही बेकली और विनम्रता के साथ मजाक करने वालों से प्रार्थना कर रही थी–'चुप करो, चुप करो।' वह बार-बार कनका के हाथ जोर से पकड़ लेती।

"दीदी, मुझे डर लग रहा है।"

"डर क्या है, बहिन ?"

रात बीतने पर टूटी हुई, मन-ही-मन क्षत-विक्षत अहना जल्दी से बाहर भाग आई। तृप्त गनपति तब भी खर्राटे भर रहा था।

अहना दालान में आ बैठी। इसी के लिए होता है ब्याह ? इसी को ब्याह कहते हैं ? क्या आज के बाद से हर रात ऐसे ही कटेगी ? क्या अहना की नियति ने उसके लिए यही तय किया है ?

"तू कब उठ गई, बहिन ?" कनका ने दालान में बैठी अहना को चौंककर देखा।

"बहुत देर से यहाँ बैठी हूँ, दीदी।"

"अच्छा बता...कैसी बीती सुहागरात ?"

कनका के मन में ईर्ष्या का विषधर जागता, उसके पहले ही अहना उसकी गोद में गिर पड़ी और आँसुओं से कनका का आँचल भिगो दिया।

हाय ! किससे ईर्ष्या करे कनका ? किसके लिए उसने सोचा था कि उसका सिंहासन अब छीन लेगी यह अपरूप सुंदरी ? यह तो एक भीरू, कातर बालिका है।

कनका हाथ बढ़ाकर अहना का सिर सहलाने लगी।

आठ

अहना के घर से जो दासी आई थी वह आठवें मंगलवार को वर-वधू के साथ त्रिनयनी लौटी। वर-वधू तीन दिन के बाद लौट जाने वाले थे, जबकि दासी वहीं रुक जाएगी।

उसने अहना की माँ से कहा, ''वहाँ मेरी कोई जरूरत नहीं है, माँ। सौत तो माँ की तरह दीदी को खिलाती-पिलाती आदर-जतन करती है।''

''सच कह रही है ?''

''और नहीं तो क्या ? और उनके घर दासी भी है। एक विधवा बुआ भी हैं और घरैतिन खुद भी आठ भुजाओं से काम करती हैं। दीदी को कोई कष्ट नहीं है।''

''न हो तो ही अच्छा। अब एक बरस उसे मायके नहीं लाया जा सकता। यह प्रथा है।''

''चिंता न करें आप। दीदी सुख से रहेंगी।''

अहना बाप के घर आकर भी पहले जैसी चुप रही।

''सौत तेरी कैसी है, अहना ?''

''अच्छी है, क्यों ?''

''वहाँ रहना कैसा लग रहा है ?''

''अच्छा।''

''अब एक बरस तो तुझे लाना नहीं हो सकेगा।''

''क्यों, क्या यही नियम है ?''

''हाँ, बेटी, यही नियम है।''

नंदरानी की सास ने कहा, ''नियम तो ऐसे ही नहीं बने हैं, बेटी। एक बरस एक साथ वहाँ रहोगी तो मन लग जाएगा तुम्हारे पाँव भारी होंगे तो बाप ले आएगा।''

अहना थोड़ा हँसकर बोली, ''तो फिर हमारी दीदी (सौत) तो बड़ी अभागिन है। उसे कोई बाप के घर नहीं ले जाता।''

''तुझे प्यार करती है ?''

''हाँ, बहुत।''

''और दामाद ?''

''कैसे जानूँगी। मैं तो 'हाँ'-'ना' के अलावा कुछ बोलती ही नहीं।''

शचीपति भी बेटी के मुँह से 'हाँ'-'ना' के अलावा और कुछ भी नहीं सुन सके।

क्षेमंकर की बहू, नंदरानी की सैकड़ों जिज्ञासाओं का भी अहना ने कोई खास उत्तर नहीं दिया।

भावज ने कहा, "ननद रानी कुछ बताती ही नहीं।"

अहना ने कहा, "बताने को है ही क्या, भौजी ?"

अहना के भाई क्षेमंकर की पत्नी कुमुदिनी कोमल स्वभाव की है। उसकी देह में अकालयौवन, भरे कलश की तरह छलक पड़ता है।

उसने कहा, "यह क्या हो ? यही तो रस-रंग का समय है। दामादजी पर तो नई जवानी आ गई है। एकदम फूले नहीं समा रहे।"

"हो सकता है।"

"वर पसंद नहीं आया क्या ?"

"पसंद नहीं करने पर काम कैसे चलेगा ?"

"सौत शायद कड़े मिजाज की..."

"मुझसे पूरा स्नेह रखती है।"

"आखिर सौत है तुम्हारी। और सौत तो सौत होती है।"

"तो भी मुझे तो उसीके साथ ही निर्वाह करना है। और वहीं रहना है।"

"फिर तो कुछ कहना ही बेकार है। अब एक बरस तक तुमसे मुलाकात नहीं होगी।"

अहना ने कहा, "नियम ही यही है, पर तुम्हारे बाप-भाई तो आए हुए हैं।"

नंदरानी ने कहा, "ससुराल में तो जैसा रखें, वैसे ही रहना पड़ता है। चल अहना, हमारे घर चल।"

"मुझे माँ के पास ही रहने दो। तीन दिन की मीयाद तो पलक झपकते पूरी हो जाएगी।"

नंदरानी को लगा जैसे कहीं, कोई गलती हो गई, वर्ना अहना इस तरह क्यों बहल जाती।

लगता है, इसकी सौत इसकी खूब देख-भाल करती है।

"सचमुच, कौन जानता था कि सौतें भी इतना आदर-प्यार देती हैं ? अहना रे, तेरा भाग्य बहुत अच्छा है।"

माँ कहती है, "दीदी के पाँव पकड़े रहना।"

कनका ने कहा, "एक, तेरा सिर पोंछ देती हूँ, पानी सुखा दूँ। दोपहर में चोटी बना दूँगी।"

"कपड़े बदल लूँ, दीदी ?"

"बदल लो।"

सरस्वती ने पूछा, "अभी उसे रसोई तो नहीं छुलाया न ?"

"जितने दिन हो सकता है, कर रही हूँ। रसोई पकाने अभी नहीं देती हूँ, पर तैयारी वही करती है। कूटना, पीसना, धोना, मसाला तैयार करना उसके ही जिम्मे है। मैं बस करछुल चलाती हूँ रसोई में बैठकर।"

"दीदी, मैं जाऊँ ?"

"हाँ, तू चल। मैं आ रही हूँ।"

अहना चली गई।

सरस्वती ने कहा, "सखी रसोई इसके हाथ में पूरा-पूरा मत देना।"

"अरे नहीं, मैं कहाँ छोड़नेवाली ?"

"राजकुमारी को मिट्‌टी का घर पसंद आ रहा है ?"

"पसंद नहीं आएगा तो क्या करेगी ?"

"तू अकेली सारे काम मत किया कर।"

कनका ने भौंहें सिकोड़कर कहा, "नहीं, मैं ज्यादा नहीं खटती। अहना तो रानी की माँ को भी काम करने नहीं देती। उसके हाथ से लुगड़ा लेकर खुद लीपने बैठ जाती है। बिछौना धूप में डालती है। माँ-बाप ने शिक्षा अच्छी दी तब। बैठे रहना तो सीखा ही नहीं।"

कनका घर आई तब अहना पूजा के बर्तन धो रही थी।

"लो देखो, तू क्या एक मिनट भी दम नहीं ले सकती ?"

"क्या दीदी, थोड़े से ही तो बर्तन हैं पूजा के।"

"बाप के घर माँजती थी ?"

"और कौन माँजता ?"

"भाभी ने तुझे खूब खटना सिखाया है।"

"हाँ ! कह सकती हो। अच्छा ! कपड़े मुझे दो, डाल आती हूँ। तुम बाल सुखा लो।"

"बुआ कहाँ है हो ? उनसे कहो, भाँजे से जाकर कहें–मसाला भेज दें। हाँ ! अहना ! उनके लिए जलपान भेजा था ?"

अहना ने सिर हिलाकर कहा, "तुम दो न।"

"एक दिन तू दे, एक दिन मैं दूँगी।"

"नहीं, दीदी। तुम्हीं रोज दिया करो।

कनका भी तो यही चाहती है। जलपान लेकर वह गई। गनपति गंभीर होकर बैठा था।

"मुझे देखकर निराशा हुई ? मुँह ऐसा भारी क्यों हो रहा है ?"

"नहीं, भारी क्यों होगा ?"

कनका सामने बैठ गई। बोली, ''नई बहू कैसी है ? तुम्हारी खातिर-वातिर करती है न ?''

गनपति ने कहा, ''काठ की पुतली भी कहीं सेवा करती है ? बिस्तर पर लकड़ी के लट्ठे की तरह पड़ी रहती है।''

''सभी क्या एक जैसे होते हैं ?''

''तुम्हारी गोद में अगर एक भी बच्चा होता...''

कनका ने आह भरी, फिर बोली, ''बाप के घर बड़ी छाया-माया मिली है न ! इतनी उमर तक वहाँ रही, सहज होने में थोड़ा समय लगेगा।''

''काम-काज में तो बड़ी फुरती देखता हूँ।''

''हाँ, यह तो है।''

''उसे रसोई का काम क्यों नहीं करने देती ? अगर तुम्हें ही आग की आँच में झुलसना है और धुएँ से आँखें फोड़नी है तो उसे किसलिए लाया मैं ?''

कनका कैसे कहे कि घर की मालकिन बने रहने के लिए चूल्हे-चौके पर और भंडारघर की चाबी पर कब्जा रखना जरूरी है। इन दोनों को छोड़ दिया तो मैं कहीं की नहीं रहूँगी, मेरा महत्त्व खतम हो जाएगा।

बोली, ''जितने दिन सपरेगा करूँगी। फिर धीरे-धीरे...''

''हाँ ! अभी बच्ची है ! माँ को छोड़कर दीदी को पाया है। मगर जिसके कारण दीदी को पाया उसे देखते ही उसको काठ मार जाता है।''

''तुम मर्दों से जरा भी धीरज नहीं होता, यह क्यों ? खींच-खाँचकर कमल की कली को तुरत खिला देना चाहते हो। ऐसी कली कैसी दीखती है और अपने आप जब फूल बनती है तब कैसी दीखती है, कभी सोचा है ?''

''छोड़ो, मैं चलता हूँ। कौन से मसाले चाहिए ?''

''दहेज में ढेर-सारा मसाला आया था। खतम हो गया। अब जरूरत पड़ी है।''

''हाँ ! मैं मसाले लाता रहूँ और तुम रसोई में बैठकर भोजन बनाती रहो आँच के सामने और वह महारानी...''

''अच्छा बाबा ! अच्छा। एक दिन उसे रसोई बनाने के लिए कहूँगी।''

दोहर में खाना-पीना चुक जाने पर कनका ने अहना से कहा, ''चटाई बिछाकर थोड़ा लेट ले।''

''तुम नहीं लेटोगी ?''

''नहीं, सुपारी काटूँगी।''

''लाओ, मैं काटती हूँ।''

''ले, काट।''

थोड़ा समय बीता। कनका सोचती रही—'कहूँ या न कहूँ ?' आखिरकार बोली, ''एक बात पूछूँ, सच-सच बताना ?''

"पूछो न, दीदी।"

"क्या तुझे वर पसंद नहीं ?"

"छिः ! छिः ! दीदी, यह कैसी बात कह रही हो ? ऐसी बात अचानक तुम्हारे मन में आई कैसे ?"

"क्या कहूँ ? मैं तो रोज ही तेरे लिए कमरा खाली कर देना चाहती हूँ।"

"माँ ने कहा था—ऐसा नहीं होना चाहिए।"

"क्यों नहीं होना चाहिए ?"

अहना ने आँखें नीची करके कहा, "दीदी, तुम्हारा दावा पहला है। तुम जैसा कहती हो, वैसा ही करती हूँ मैं।"

"क्या उनसे तू डरती है ?"

अहना चुप।

"पति ही जीवन का सहारा होता है। उसके बिना सब सूना है। माँ ने तुझे इतना-कुछ सिखाया, यह बात नहीं बताई ?"

अहना ने अपनी निष्पाप आँखें ऊपर उठाईं और कहा, "बोलो, क्या करूँ ? मुझे तो कुछ समझ में नहीं आता।"

"थोड़ी सहज हो जा उनके साथ। मरद-मानुस क्या चाहता है...थोड़ा प्यार, थोड़ी हँसी-मजाक..."

"ठीक है, कोशिश करूँगी।" अहना ने दबी जुबान कहा।

एक बार उसे लगा, गनपति को तो जो चाहिए वसूल कर ही लेता है। मरद को और क्या चाहिए ?

"और सुन, कल रसोई तू पकाएगी। समझी ?"

"तुम्हीं तो मुझे भोजन बनाने नहीं देती।"

"ठीक है, कल बनाना। और कल रात में उनके कमरे में भेजूँ तो परसों सवेरे उनको खुश देखना चाहती हूँ। समझ रही है न ?"

"हाँ ! दीदी।"

"चल, अब सो जा।"

दूसरे दिन सवेरे कपड़े धोने गई कनका तो सरस्वती से बोली, "तूने कहा था तेगुना से जड़ी-बूटी दिलाई थी, पर जैसा सोचा था, वैसा तो हुआ नहीं।"

"क्यों सखी ?"

"सोचा था, पति उसे विष की नजर से देखेगा और वह रो-रो कर मरेगी, पर वैसा तो हुआ नहीं ? हुआ उलटा। पति तो उसे चाहता है, वही पाथर बनी रहती है।"

"तुम भी खूब हो ! छिपकर उनकी बातें सुनती हो ?"

"सुनती तो हूँ, पर कुछ सुनाई नहीं देता। न कोई बातचीत, न हँसी, जैसे कमरे

में कोई है ही नहीं।''

''सखा तो नई, जवान पत्नी को चाहेंगे ही। एक तो जवान, ऊपर से इतनी सुंदर। इसको सखा पसंद नहीं आए क्या ?''

''क्या पता ! तब तो लगता है दवा ने काम किया है। आज तुम्हारे सखा ने कहा, रोज ही कहते हैं, क्या राजकुमारी को खाना बनाना नहीं आता ? तू कब तक आँच में जलती रहेगी ?''

''तो उसे भी बीच-बीच में बनाने दो न।''

''बनाने दूँगी। और बहिन...अहना इस तरह उदासीन रहेगी तो तेरे सखा कहीं नाराज न हो जाएँ ?''

''तू भी अजब बौड़म है। घी और आग एक जगह हों तो गरमी तो पैदा होगी ही। अहना का मन भी धीरे-धीरे गलेगा। मैं तो तेरे बारे में सोचती हूँ। अगर कभी वे मिलकर एक हो जाएँ तू एक किनारे आम की सूखी गुठली की तरह धरी रह जाएगी।''

''देखा जाएगा।''

दूसरे दिन अहना ने गृहदेवता और कनका को प्रणाम करके रसोई मे प्रवेश किया। मछली के साथ पाँच तरह की तरकारियाँ, खीर, चटनी और गुलगुले बनाए। कनका बार-बार पूछ जाती, ''कर लोगी न। देखना, रसोई अच्छी होनी चाहिए।''

''अपने घर भोजन तैयार करती थी मैं। अगर मेरे हाथ की बनी दो-एक चीजें न हों थाली में तो पिताजी खाना ही नहीं खाते थे।''

बुआजी ने कनका के कान में कहा, ''बड़े घर की बेटी को रसोई में घुसाया है। देखना, घी-तेल का नाश करेगी।''

''करने दो। श्रीमानजी को सीख मिलेगी।''

''आज तक तो तुम्हारे हाथ का बना खाया, अभी से तुम्हारा बनाया भोजन विष लगने लगा ?''

''चुप रहो, बुआ। अशांति मत करो।''

''हाँ ! मैं कौन होती हूँ बोलने वाली ? पर तेरी भलाई की बात सोचकर...आज रसोई कब्जे में किया, कल भंडारघर पर कब्जा करेगी, धीरे-धीरे...अच्छा ! तुझे तो हाथ भी नहीं लगाने दिया ?''

''करने दो न, देखते हैं।''

कनका ने सोचा था, गनपति खाकर छिः-थूः करेगा। और सोचा था मुझे देखते ही वह समझ जाएगा कि आज मैंने खाना नहीं बनाया है। बात ठीक भी थी। उसने नई साड़ी पहन रखी थी, बालों को सुखा कर टेढ़ी माँगवाला जूड़ा बना रखा था और

पाँवों में आलता रचा हुआ था।

गनपति बेचारा क्या जानता था कि किस बात पर कनका के सीने में शूल चुभेगा। कोई-कोई शूल ऐसा होता है कि एक बार बिंध जाए तो निकाले नहीं निकलता। जितना ही दिल से खून बहता है, उतना ही शूल गहरे उतरता जाता है। गनपति सीधा-सादा, हट्ठा-कट्ठा आदमी है।

कनका ने जमीन पर पानी छींट कर पीढ़ा डाल दिया।

थाली सजाकर सामने रखी।

''किसने बनाया है ?''

''कौन बनाता है ?''

''तुम्हें इतना कहा...''

''तो लो, आज अहना ने बनाया है।''

''मेरे कहने से रसोईघर में घुसाया ? मुँह में पड़ेगा भी ?''

''क्यों, मुँह में क्यों नहीं पड़ेगा ?''

इतनी तृप्ति से, इतनी बार माँग-माँग कर गनपति ने खाया कि कनका को पछतावा होने लगा कि उसने नमक छिड़क कर सब कुछ बेस्वाद क्यों नहीं कर डाला !

गनपति ने कहा, ''तुम्हें देखकर सीख गई है, मगर सूखी तरकारी तुम्हारे जैसी फिर भी नहीं हुई।''

इस पर कनका खुश हो गई, बोली, ''धीरे-धीरे सब सीख जाएगी।''

''अब बीच-बीच में इसे बनाने दिया करो। आग में झुलसकर तुम्हारा शरीर...''

''रहने दो। जानते तो हो किस उमर में रसोई में घुसी थी।''

अहना ने निरामिष व्यंजन पहले ही बुआजी के लिए अगल रख दिया था। बुआजी अपना भात पका लेती हैं। दाल-तरकारी कनका देती है। खाते-खाते बुआजी ने सोचा, नई बहू अच्छा खाना पकाना जानती है। और दिया भी कैसे, अच्छी तरह सहेज कर ? बड़ी बहू तो पाँच सब्जियाँ पकाएगी तो देगी तीन। माँगो तो कहेगी—छुआ गया है। सच, बड़े घर की बेटी का मन भी बड़ा होता है।

कनका और अहना खाने बैठीं तो सूखी सब्जी मुँह में डालते ही समझ गई कि गनपति ने उसका मन रखने को कहा है कि सूखी सब्जी उसके जैसी नहीं हो पाई है। कनका ऐसी सूखी सब्जी नहीं बना सकती।

अहना ने डरते हुए पूछा, ''दीदी, नमक-मसाला ठीक है ?''

''हाँ अहना ! भोजन बहुत अच्छा बना है।''

कनका के मन में उस समय बादल घिर रहे थे। जो लड़की इतना सुंदर भोजन

बना सकती है, पति तो उसके वश में हो ही जाएगा।

अहना ने कहा, "दीदी, तुम सूखा साग कैसे बनाती हो, मुझे सिखा देना।"

"तुम्हें पसंद है ?"

"बहुत। और तिल की चटनी के साथ करैला।"

कनका के मन का बादल छँट गया।

बोली, "धीरे-धीरे होगा, बहिन। दस पूरा न होते ही मेरा ब्याह हो गया। दस दिन बाद से ही रसोई में। तुम्हें तो सास का भार सहना नहीं पड़ा, तुम्हारा भाग्य अच्छा है। दस तरह का खाना बनाती थी, पर भरपेट खाने को नहीं मिला था। बहुत, बहुत कष्ट दिया सास ने अपने राज में।"

"हे भगवान ! मेरी माँ तो मेरी भावज को जरा भी..."

कनका ने गहरे संतोष के साथ कहा, "मैंने भी बदला ले लिया। हमारे भसुर (जेठ) लोग गाँव छोड़ गए। बुढ़िया भी धीरे-धीरे अशक्त हुई। कितने तो रोग थे–बुखार, गठिया, साँस का रोग। ऊपर से अतिसार हो गया था। खून की टट्टियों से एकदम बेदम होकर खाट से लग गई। मैंने भी खूब कष्ट दिया। सारा बदला चुका लिया।"

कनका की बातें सुनकर और उसके चेहरे के भावों को पढ़कर लगा, जैसे अहना की छाती पर किसी ने भारी पत्थर पटक दिया हो।

बेवकूफ की तरह बोल पड़ी, "मगर दीदी ! आखिरी वे घर की बुजुर्ग..."

मछली का काँटा अलग करती हुई कनका ने कहा, "जैसा जो करेगा, वैसा भरेगा। जब उसमें दम था, उसका राज था, मुझे क्या कम सताया था ?"

"और उनके बेटे ?"

"उन्हें कुछ पता ही न चलता था। सास डर के मारे मुँह वहीं खोलती थी। रही बुआ। उसकी क्या हिम्मत जो मुँह खोलती ? गिरस्ती तो मेरे हाथों में थी।"

अहना ने धीमे से कहा, "हाँ दीदी।"

"याद रखेगी तो कोई कष्ट नहीं होगा। यह खीर रख दे। बहुत खाया।"

अहना मन-ही-मन समझ गई, जिस कनका को वह देखती है रही, उसे ठीक से पहचानती नहीं। सौत ले तो आई है, पर पति का मन अहना की ओर घूमा तो कनका खुश नहीं होगी।

हे भगवान ! यहाँ एक बरस कैसे बीतेगा ?

रात में अहना को सजा कर और हाथ में पान का बीड़ा देकर पति के कमरे में भेजते हुए कनका ने कहा, "काठ होकर मत पड़ी रहना।"

अपने कमरे में आकर कनका पलंग पर बैठी। बुआजी उसी कमरे में फर्श पर सोई थीं। बुढ़िया की नाक इतनी तेज बजती है कि कनका कान लगाकर भी कुछ सुन नहीं पाई।

अहना ने कमरे में जाकर पान के बीड़ेवाला हाथ आगे बढ़ा दिया। गनपति ने हँसकर उसका हाथ पकड़ लिया। बोला, "बहुत अच्छा खाना बनाती हो जी।"

"दीदी जैसा नहीं हुआ ?"

"क्यों ? मुझे तो बहुत अच्छा लगा।"

"आपने...दीदी से क्या कहा है ?"

"क्या कहा है, बताना ?"

"यही कि...कि...मैं आपको नापसंद करती हूँ...यह सही नहीं है...हाँ ! दीदी जैसा कहती हैं, करती हूँ..."

"तुम रो क्यों रही हो ?"

"मैं तो कुछ भी नहीं जानती...आप लोग बड़े हैं...मुझे सिखाइए...अपने अनुसार ढाल लीजिए... ।"

गनपति को अचानक बड़ी दया लगी। सचमुच, एक छोटे से चारे को उखाड़ कर बाग में लगाया जा सकता है, पर तरुण, बढ़ते हुए वृक्ष को उखाड़ कर लाने पर नई मिट्टी में उसकी जड़ें पकड़ने में समय और जतन की जरूरत होती है। एक युवती स्त्री को देखकर वह पुत्र प्राप्ति के लिए अधीर हो उठा था, मगर चौदह साल की उस देह में जैसे आठ साल की एक अबोध बच्ची बैठी हुई है। वह तो अभी भी अबोध है।

"बहुत दबे-ढके माहौल में मेरा पालन-पोषण हुआ है।...बहुत-सी बातें मुझे मालूम नहीं हैं। आप लोग जैसा कहेंगे, वैसा करूँगी। कोई गलती हो जाए तो बता दीजिएगा, सुधार लूँगी।"

"आओ, बैठो, अहना ! रोओ मत।"

गहरी ममता से गनपति ने अहना को अपने पास खींच लिया। और अहना ने भी जैसे परम आश्रय पाकर गनपति के सीने में सिर धँसा दिया। गनपति ने फुसफुसा कर उसे कान में कहा, "डरो मत। मैं हूँ न। कनका मालकिन बनी रहना चाहती है।"

"तो बनी रहें। मुझे तो कुछ चाहिए नहीं।"

"सब ठीक हो जाएगा, अहना। मैं हूँ न।"

"आप मुझे कष्ट देने नहीं देंगे न ?"

"कभी नहीं..."

"मुझे छोड़कर चले तो नहीं जाएँगे ?"

"कभी नहीं। काम से गया भी तो दो-चार दिनों के लिए।"

अहना ने आश्वस्त होकर गनपति को दोनों बाँहों से जकड़ लिया। और ऐसी ही एक रात में जब अहना भय से त्रस्त थी और गनपति स्नेह-ममता से आकुल था, धीरे-धीरे अहना के देह-मन में इतने दिनों से बैठी एक बालिका ने विदा ली।

सवेरे जिस गनपति को कनका ने देखा वह रुष्ट और असंतुष्ट नहीं था, फिर

भी गंभीर और चिंतामग्न दीख रहा था।

कनका ने कहा, "अबेर हो गई।"

"हाँ। अब उठता हूँ।"

कनका समझ गई। क्या समझी, यह वही जाने।

अहना के व्यवहार में कोई बदलाव न था। आज भी वह कनका के कपड़े और गमछा लेकर हाजिर हुई। बोली, "दीदी ! बालों में तेल लगा देती हूँ।"

"आज नहीं, कल लगाना।..आज रात तू डरी तो नहीं ?"

"नहीं, दीदी।" अहना ने कहा।

अहना की उज्ज्वल, नरम देह पर गमछा घिसते हुए कनका ने गहरी साँस लेकर कहा, "इतनी सुंदर है तू ! बनिए ने अच्छा माल ढूँढा है।"

अहना ने जैसे परिणीता रमणी की तरह आत्मलीन नरम स्वर में कहा, "तुम क्या कम सुंदर हो, दीदी ? जिन्हें मैंने यहाँ और अपने मायके में देखा है, उनमें से कितनों से ज्यादा सुंदर हो तुम। हमारी तरह अगर तुम तोप-ढँक कर रखी जाती तो तुम भी मेरे जैसी ही होती। कच्ची उमर से खटते-खटते...।"

कनका क्या कहती ?

अहना जैसे उसे सांत्वना दे रही थी।

नौ

गनपति के घर में दोनों सौतें कैसे दूध-भात की तरह मिलकर रहती हैं, यह चर्चा चारों ओर फैली हुई थी। गनपति अहना को लेकर बहुत चिंतित था। अभी तक तो कनका ने कोई अशांति नहीं की थी, पर अगर करे ? कभी-कभी उसे लगता, कनका अगर अपने मायके में रहती, तो अच्छा होता।

मुकुंद से एक दिन रास्ते में गनपति की भेंट हुई।

''क्या सोच रहे हो, गनपति ? ऐसे सोच में डूबे चल रहे हो कि आस-पास का भी ज्ञान नहीं।'' मुकुंद पंडित ने पूछा।

''जिसके घर में अशांति होगी, वह नहीं सोचेगा। तो और कौन सोचेगा ? तुम्हारे घर में तो ठाकुर, शांति है, तुम क्यों सोचोगे ?''

''तुम्हारे घर में कोई विवाद है, ऐसा तो सुना नहीं।''

''छोटी बहू तो विवाद करने वाली औरत ही नहीं है।''

''बड़ी की उम्र हो गई, बाल-बच्चे हुए नहीं...''

''यह बात नहीं है, ठाकुर।'' गनपति ने सिर खुजलाते हुए कहा, ''हम सब जैसे उसके राज में रह रहे हैं। यह तुम्हारे बच्चे नहीं हुए। तुम्हारे कहने पर, बार-बार कहने पर दूसरा ब्याह किया, क्या ऐसा नहीं करते लोग ?''

''खूब करते हैं। यहाँ तक कि तीन ब्याह कर लेते हैं।''

''एक फूल जैसी लड़की को घर ले आया। उसे लेकर बड़ा डर लगता है मुझे।''

''तुम्हारा दायित्व है कि तुम उसकी रक्षा करो।''

''बड़ा धनी-मानी है उसका बाप, विद्वान भी है। लड़की को पढ़ना-लिखना सिखाया है। 'मंगलचंडी' का पाठ कर लेती है। लक्ष्मीपूजा में पाँचाली पढ़ती है।''

''धुँधची के जंगल में मोती खो जाता ही है।''

''कोई उपाय समझ में नहीं आता। कनका का क्या है ? सब कुछ, सोचती है, उसके कब्जे में है। पति उसका, गृहस्थी उसकी, उसका जितना मन होगा, देगी। मन नहीं होगा, नहीं देगी। उसके बाहर जाते ही सर्वनाश करने को तैयार हो जाती है। मेरी माँ को भी बाँध कर मारती थी। मैं सब समझता था, पर सह गया। क्योंकि मैं घर में रहता नहीं। माँ की ओर से कुछ कहने पर सारा छार-भार माँ पर ही उतारती।''

"हम अपने घर में बैठे-बैठे सब सुनते रहते थे।"

"अहना के लच्छन अच्छे हैं। जबसे घर में उसके चरन पड़े है बिक्री-बट्टा अच्छा हो रहा है। तेपूर्णी की हाट में पचास रुपए का फायदा हुआ।"

"यह तो अच्छी बात है। इतना लाभ !"

"पहले की तरह हम सोना का व्यापार गाँव में बैठकर तो कर नहीं सकते। वह क्षमता तो अब हमारी रही नहीं। खरीद-बिक्री करते-करते किसी हाट में जम सकूँ तो निश्चित होकर बिक्री करता जाऊँगा।"

"हाँ, कर सकते हो।"

गनपति के लिए मुकुंद के मन में स्नेह है। बहुत सीधा-सादा गृहस्थ में वह। नई फसल पर ढेर-सारा अनाज खरीद लेता है, भार के भार तेल-मसाले ले आता है। साल के साल छत की छाजन पलटवा लेता है, केला और आम बेचता है। कनका इतना चीखती है, पर इसकी ऊँची आवाज कभी नहीं सुनी।

बड़े प्यार से खेतों को बेड़ा बाँधता है, गाय-बैलों की साज-सँभार करता है। हमेशा किसी न किसी काम में लगा ही रहता है। निस्संतान होने के कारण स्वयं को बड़ा दीन-हीन मानता है। इतने कम में ही जो संतुष्ट हो जाता है, उसे उतना थोड़ा भी क्यों नहीं मिलता ? थोड़े-से में तृप्त होनेवाले लोग मुकुंद को बहुत पसंद है।

"ठाकुर !"

"बोलो।"

"ऐसा कोई उपाय है, जिससे अहना के ऊपर कनका विद्वेष खत्म हो जाए ? कोई गृहशांति या यक्ष-जाप ?"

"मुझे पता नहीं। और गनपति, मेरी बात सुनो। इन चक्करों में मत पड़ो। तुम्हें ऐसे लोग मिलेंगे, जो कहेंगे कवच बना देता हूँ, ताबीज बना देता हूँ—सब ठीक हो जाएगा। पर होगा कुछ नहीं। तुमने देखा नहीं, अभिराम कुंडू ऐसे ठगों के फेर में पड़कर अपना सब कुछ खो बैठा।"

"हाँ ! यह तो है...तेगुना ने जो बूटी दी थी उससे तो कुछ भी नहीं हुआ..."

"तुम तो घर में ही हो, फिर चिंता किस बात की ?"

"कितने दिन घर में रहूँगा।" गनपति ने कहा, "मेरे ससुर व्यवस्था कर रहे हैं। बहुत दूर भागीरथी के तट पर जाना है। इस बार नौका में बर्तन लेकर जाऊँगा।"

"इसमें तो बहुत रुपए लगेंगे ?"

"ससुर हमारा जामिन देंगे, मेरे पास भी थोड़ी पूँजी है। काँसे-पीतल के बर्तनों का कारोबार चल गया तो..."

"यहाँ ?"

"नहीं, नहीं। यहाँ क्या बाजार मिलेगा ? त्रिनयनी में ससुर की देख-रेख में ही सब होगा। सपने तो बहुत देखता हूँ। थोड़ी हालत सुधर जाए तो त्रिनयनी में ही

जमीन खरीदकर मकान बना लूँगा। वहाँ मैं और अहना दोनों ही मजे में रहेंगे। कनका भी समझ-बूझकर चलेगी। बच्चा भी ठीक से रहेगा।''

''अभी, दो महीने तो हुए हैं ब्याह के ?''

गनपति ने लज्जा से हाथ मलते हुए कहा, ''आज नहीं तो कल होगा तो सही। अहना का बेटा यशस्वी होगा, उसकी कुंडली में लिखा है। लिखा है न ?''

''और अगर लड़की हुई ?''

''प्रथम संतान कन्या हो तो और अच्छा, ज्योतिष कहता है, कहता है न ! लड़की के बाद चार-पाँच लड़के भी हों तो कोई चिंता नहीं, मुझे बेटा चाहिए, क्योंकि वंश चलेगा बेटे से ही। और फिर, ठाकुर, मुझे बच्चों से बड़ा प्यार है। भतीजे-भतीजियों को गोद में लेकर घूमता था, कंधे पर बिठाकर मेला ले जाता था, बहुत अच्छा लगता था। वे सब भी पास नहीं रहे। उनके माँ-बाप अपना हिस्सा बेचकर...''

आदमी के बारे में मुकुंद पंडित की जिज्ञासा का कोई अंत न था। बोले, ''दामिन्या छोड़कर चले जाओगे ?''

गनपति ने सरल हँसी-हँसकर कहा, ''जाते समय तो जमराज पान-सुपारी भी लेकर नहीं जाने देते। अपनी मिट्टी छोड़ते समय मुझे कितना दुःख होगा ?''

मुकुंद पंडित को जैसे किसी ने थप्पड़ मार दिया हो। वह विद्वान हैं, लोग उसका सम्मान करते हैं। पर सुबह-सुबह गनपति ने, जो बहुत कम पढ़ा-लिखा है, यह कैसी दार्शनिक बात कह दी। मनुष्य कभी-कभी चौंका देता है। कभी-कभी पुराना परिचित आदमी एकदम नया होकर सामने आता है।

गनपति ने आगे कहा, ''भाई लोग चले गए—जरूरत पड़ी तो मैं भी जाऊँगा। इतने दिनों से घर-गिरस्ती चला रहा हूँ, पर अब मन में जैसे महाशक्ति का उदय हुआ है। अहना कहती है—पुरुष के लिए काम ही लक्ष्मी है। तुम जहाँ ले जाओगे, वहीं जाऊँगी।''

''गनपति, तुम्हारी यही बात मुझे बहुत अच्छी लगती है। तुम्हारी जाति पर बल्लाल सेन ने अविचार-अन्याय किया। मगर तुम्हारे साहस और तुम्हारी कर्मठता को नहीं तोड़ पाया। तुम्हारी जाति के लोग आज भी, जैसे भी हो, व्यापार-व्यवसाय कर रहे हैं।''

''बैठे रहेंगे तो उन्हें भात कौन देगा ? ठाकुर ! एक बात बताओ, मैं जो-जो चाहता हूँ, होगा या नहीं ? मेरी जन्मकुंडली ब्रह्मकेशव मिश्र ने बनाई थी, तुमने भी तो देखी है।''

मुकुंद ने आंतरिक सचाई के साथ कहा, ''सब होगा। मैं धर्म का पालन करने वाला ब्राह्मण हूँ। अगर मेरी बातों में शक्ति होगी, तो मैं कहता हूँ—तुम्हें सब कुछ प्राप्त होगा। तुम्हारे ससुर तुम्हारे लिए वटवृक्ष के समान हैं। वे अगर तुम्हारी बगल में खड़े रहे तो तुम्हारी सारी इच्छाएँ पूरी होंगी।''

''तुम्हारा आशीर्वाद पाकर मैं खुश हूँ, ठाकुर। मगर मैं कितना अभागा हूँ कि निस्संतान होने के कारण भिखारी भी सवेरे-सवेरे हमारे घर की भीख नहीं लेते। संध्या समय खेत-मैदान में देखकर अपने लोग भी मुँह फिरा लेते हैं। मेरे लिए यह कितना दुखदाई है, कह नहीं सकता।''

उस रात मुकुंद ने सारी बातें अपनी पत्नी को बताईं।

पत्नी ने कहा, ''तेगुना को मैं जानती हूँ। उसने कनका को भी कोई जड़ी-बूटी दी है, जिससे उसका पति अहना को विष की नजर से देखे। ऐसा तो हुआ नहीं, इसीलिए तेगुना जल-भुन रहा है। गनपति को भी उसने दवा दी है, जिससे कनका खुश रहे।''

''तुमने ये सारी बातें कहाँ से जानीं।''

''तुम्हारे घर का चरवाहा हला सारा समाचार दे जाता है। गाँव के समाचार जानने में कोई असुविधा नहीं होती। तुम्हें तो शायद यह भी पता न होगा कि कुंडू परिवार का लड़का घर आया है।''

''हला क्यों जाता है तेगुना के पास ?''

''मंतर सीखने। मंतर जान जाए तो वह पेड़ पर बैठकर झूला झूलेगा और जानवर अपने-आप चरेंगे, अपने-आप घर भी लौट जाएँगे।''

''नहीं, उसे मना करो। उसके पास न जाए।''

''कब तक तेगुना इस तरह लोगों को ठगेगा ? उधर कनका को दवा देता है कि उसका पति सौत से विमुख हो जाए, इधर गनपति को दवा देता है कनका अहना को अच्छी नजर से देखे। सच, अहना जैसे देवी-प्रतिमा हो।''

''तुमने कहाँ देखा ?''

''एक दिन कनका उसे लेकर मंदिर जा रही थी। अहना जितनी सुंदर है उतनी ही शांत। उसकी दृष्टि जैसे फूल बरसाती है।''

''भगवान ! उसका भला करें।''

''कनका के मुँह में मधु है और मन में विष। सास बिस्तर पर पड़ गई तो दिन में दस बार उसे श्मशान भेजने की बात करती थी। उसकी बुआजी कभी-कभी हमारे घाट पर नहाने आती है। बताती हैं, उन्हें भी ठीक से भोजन नहीं देती। सात तरह की बनाती है तो एक-दो उन्हें देती है। और दिन-रात काम कराती है।''

''छोड़ो, यह सब सोचकर क्या करोगी ?''

''ऐसे घर में दूसरी बहू लाकर गनपति ने ठीक नहीं किया। लड़की पर अत्याचार होगा, तरह-तरह के लांछन लगाए जाएँगे। बेचारी के हाथ-पाँव आम के पल्लो (पल्लव) जैसे कोमल हैं। अपने घर इतना कष्ट नहीं उठाना पड़ा था उसे।''

“सीख जाएगी, चिंता क्यों करती हो ?”

“लिखना-पढ़ना भी जानती है। अच्छाजी, एक बात बताना तो, क्या स्त्रियों को लिखना-पढ़ना मना है ?”

“क्यों ? क्या मेरी माँ नहीं लिखती-पढ़ती थीं ? आचार्यजी की पत्नी व्रत-पूजा में पाँचाली नहीं पढ़तीं ?”

“मुझे क्यों नहीं सिखाया ?”

“तुमने सीखा ही नहीं। रात में सिखाता था तो तुम्हें नींद आने लगती थी।”

“मुझे तो अभी भी नींद आ रही है। जरा खिसको तो, शिउली को बीच में कर दूँ। एकदम किनारे लेटी है।”

गनपति धीरे-धीरे बोल रहा था। अहना सुन रही थी और रोती जा रही थी। बीच-बीच में आँसू पोंछ लेती थी। गनपति सहज भाव से ही बात कर रहा था। कल कनका से भी उसने यही सब कहा था।

“बर्तनों की नौका लेकर निकलूँ, यह मेरी बहुत पुरानी साध थी।”

“उतना रुपया है ?”

“नहीं, कुछ पैसा ससुरजी से उधार लूँगा।”

“मेरी सतलड़ी...।”

“नहीं अहना ! पत्नी के गहने बेचकर व्यापार किया तो क्या वह व्यापार और क्या वह व्यापारी। व्यवसाय-व्यापार में समाज में ‘हवाला’ चलता है। हुंडी लिखकर देना होता है। बाद में चुका देने से काम चलता है। मैं कितनी ही बार दस-बीस, सौ-पचास ‘हवाला’ पर लेता हूँ, दूसरे भी हम से लेते हैं।”

“मगर नौका लेकर दूर जाओगे तो आने-जाने में बहुत दिन लगेंगे ?”

“क्यों ? ससुरजी कहते हैं, हद से हद एक महीना।”

“पिताजी ने कहा है, तब तो...”

“मेरी बड़ी साध है कि अपना कारोबार बढ़ाऊँ। जरूरत पड़ी तो कहीं और, किसी बड़े गाँव या नगर में चलकर रहेंगे।”

“कहाँ ?”

“मान लो, त्रिनयनी में ही मकान बनाकर रहूँ ?”

बगल के कमरे में कनका साँस रोककर इनकी बातें सुन रही थी। देखें अहना क्या कहती है ?

अहना ने कहा, “नहीं, अपना घर, अपनी भीटा नहीं छोड़ना चाहिए।”

“बड़े भैया लोग चले गए...”

“तुम्हारे हाथ में दे गए हैं पुरखों की जमीन। पुरखों ने जमीन की पूजा करके

इस जगह पर बनाया था। दीदी रोज ही पृथ्वी—मनसा के नाम पर दीप जलाती हैं, दूध चढ़ाती है। भीटा में ही तो लक्ष्मी का वास है।''

''तुम रह लोगी न ? डरोगी तो नहीं ?''

''दीदी हैं न। दीदी कितनी साहसी हैं !''

''सच, बहुत हिम्मतवाली है कनका। अभी तक अकेली ही सब कुछ सँभालती रही है। तुम्हें भी...''

''सीने से लगाकर रखती हैं।''

''अब और रोने का मन तो नहीं कर रहा है ?''

''बनिए की बहू अगर पति के परदेश जाने पर रोए तो काम कैसे चलेगा ?''

''परदेश जाने की बात कई कारणों से सोचता हूँ। सभी कहते हैं सलीमाबाद परगना का नया वजीर महमूद शरीफ होने वाला है...''

''वजीर किसे कहते हैं ?''

''जो इलाके का मालिक होता है, उसकी देखभाल करता है।''

''उसके वजीर होने से क्या होगा ?''

''सुना है वह बड़ा अत्याचारी है। हमारे इलाके की हालत खराब होगी। बहुत दिन पहले एक बार ऐसा हुआ था। मैंने नहीं देखा, मेरी दादी बताती थीं ! उन दिनों चाँदी के रुपए, अठन्नी-चवन्नी, ताँबे के पैसे, बर्तन-भाँडे सब कुछ जमीन में गाड़कर रखा जाता था। स्त्रियाँ गले में लाल सूता और कानों में लाख के गहने पहनकर रहती थीं। सभी लोग कौड़ियों में लेन-देन करते थे। अगर फिर से वैसा ही हुआ तो लोग अपने भीटे छोड़कर दूसरे इलाकों में भाग जाएँगे।''

अहना ने निंदासी आवाज में कहा, ''जब होगा, तब देखा जाएगा।''

''ठीक है, सो जाओ।''

''सोती हूँ, पता नहीं क्यों आज बड़ी नींद आ रही है।''

गनपति के गले में दोनों बाँहें डालकर और उसके कंधे पर सिर रखकर अहना सो गई। गनपति ने उसको जगाने की, उसकी देह पर हाथ फेरने की कोशिश नहीं की। सिर पर हाथ फेरकर सोने में उसकी मदद करने लगा।

फिर मन-ही-मन कहा—''अहना ! तुझे यहाँ छोड़कर जाने में मुझे तेरी फिक्र लगी रहेगी। मैं निश्चिंत होकर नहीं जा सकूँगा।''

कनका अगर थोड़ी समझदार होती !

समझदार थी तभी तो रोज अहना के लिए पति का कमरा छोड़ देती थी, पलंग का रंग झकाझक करवा दिया था, नए बिछौने और तकिए, आलना में नई-नई साड़ियाँ और एक ओर संदूक में नए बर्तन रखवा दिए थे ?

अहना का मुँह सवेरे के कमल के फूल की तरह खिला हुआ था और आँखों में कैसा अद्‌भुत अपनापन था !

आह अहना ! तेरे ही भाग्य में विधाता ने सौत लिख दी ? भला क्यों ?

गनपति यात्रा के लिए तैयार हुआ। सांसारिक बातों में कनका से ही। बातें करना ज्यादा सुविधाजनक है। और फिर वह बड़ी है। उसका अधिकार भी है।

"कनका ! समय अच्छा नहीं है। तुम्हें बहुत बड़ा दायित्व सौंपकर जा रहा हूँ।"

"अहना की चिंता मत करो। वह ठीक से रहेगी।"

"वह तो होगा ही। तुम हो न ! मैं दूसरी बात कह रहा हूँ। अभी तो समय कट रहा है, पर जल्दी ही बुरा समय भी आ सकता है।"

"क्या होगा ?"

"वजीर अगर बुरा हो तो पटवारी, अमीन, तहसीलदार सभी पदों पर वह बुरे लोगों को लाएगा। अत्याचार बढ़ सकता है। लोगों को अपना घर-द्वार छोड़कर भागना पड़ सकता है।"

"ऐसे समय तुम परदेश जा ही क्यों रहे हो ?"

"ससुरजी ने संपर्क किया है...एक मौका मिल रहा है। फिर ऐसा सुयोग मिले, न मिले।"

"यह तो है।"

"देखो, यह भी सभी को मालूम है कि अहना के साथ-साथ इस घर में काफी धन-दौलत आई है।"

"हाँ ! यह बात भी सच है।"

"सारा सामान, कीमती चीजें चोर-कोठरी में रखना ठीक रहेगा।"

"क्या-क्या रखोगे उसमें ?"

"बर्तन, कपड़े और गहने। तुम दोनों मामूली गहने ही पहनो।"

"ठीक है।"

"कौड़ी देकर ही सौदा-सुलुफ खरीदो। चाँदी के रुपए मत तुड़ाना।"

"इतना सोच-विचार क्यों कर रहे हो। तुम भी तो जल्दी ही लौटोगे।"

"इच्छा तो यही है, पर हमेशा क्या अपनी इच्छा के अनुसार काम होता है ?"

"इस बार तुम ज्यादा ही घबड़ा रहे हो ?"

"इतना बड़ा काम पहले कभी किया नहीं। हद से हद सौ रुपयों तक का कारोबार किया है। इस बार पाँच सौ रुपयों की बर्तनों की नौका लेकर व्यापार करने जा रहा हूँ..."

"हमें इतने पैसों की जरूरत ही क्या है ?"

"जरूरत तो होगी, कनका। घर में बाल-बच्चे होंगे। खाने वाले मुँह बढ़ेंगे..."

कनका ने गहरी साँस भरकर कहा, "तो जैसा तुम ठीक समझो।"

"मैं सिर्फ एक बात कहना चाहता हूँ।"

"बोलो।"

''ब्याह को कितने दिन हुए ?''

''अभी तो अढ़ाई महीने हुए हैं''

''शायद...शायद अहना..?''

''अच्छा ? मुझे तो बताया नहीं उसने।''

''मुझे भी नहीं बताया है, पर तुम पता करना।''

कनका ने पहले मन-ही-मन सोचा—रोज इनके पास सोने भी नहीं देती, इतना छान-बाँधकर रखती हूँ, फिर भी राँड के पेट में बीज पड़ गया ? फिर मन में आया, सरस्वती भी तो इसी महीने हामला हुई है। बरस पुराते ही एक बच्चे की माँ बन जाएगी।

ईर्ष्या और हताशा से मिली गहरी साँस लेकर कनका ने धारदार हँसी के साथ कहा, ''तुम तो कहते थे काठ की तरह पड़ी रहती है।''

''अगर ऐसा हो तो मेरे परदेश रहते समय अहना को खूब सावधानी से रखना। लड़के के लिए ही ब्याह करना पड़ा, वर्ना जरूरत ही क्या थी। बोलो, मेरी देह छूकर कसम खाओ। बहू तुम्हारे कहने पर ही लाया हूँ। बोलो कनका, कुछ तो बोलो।''

कनका ने गनपति का हाथ पकड़कर कहा, ''मैं उसे अपनी छाती से लगाकर रखूँगी। उसके बेटा हो, यह तो मेरी भी साध है। वर्ना कौन अपने पति को दूसरी औरत को सौंपती है।''

गनपति चुप रहा।

कनका ने ही आगे कहा, ''अच्छा होगा। बेटा हुआ तो वर्धमान और सप्तग्राम में तुम्हारे जो भाई लोग हैं, वे भी जल-भुनकर राख हो जाएँगे। मजा आएगा। उनके पास इतनी दौलत है, फिर भी हमारी संपत्ति पर नजर गड़ाए हुए हैं। पर एक बात कहे देती हूँ, हाँ ! लड़का हुआ तो सोने की करधन और बेटी हुई तो सतलड़ी लूँगी।''

''और अहना को ?''

''अहना को...लड़का होने पर सोने की बाली और लड़की होने पर सोने का हार दूँगी। मैं ही बच्चों को पालूँगी। वे मुझे 'बड़ी माँ' कहेंगे।''

गनपति ने कनका के गाल चूम कर कहा, ''तुम मेरे घर की लक्ष्मी हो। तुम्हें बच्चे 'माँ' कहेंगे और उसे छोटी माँ, समझी ?''

''यह तो और अच्छा है।''

''ऐसा ही होगा।''

''ताज्जुब की बात है ! छोकरी शायद समझ ही नहीं पाई है। बुद्धू है न ! आसानी से उसकी समझ में कुछ आता ही नहीं।''

''मेरा अंदाजा है। इसका रंग मुझे कुछ पीला-पीला सा लगा...वैसे, नहीं भी हो सकता है।''

''जानते हो अहना क्या कहती है।''

"क्या ?"

"कहती है–दीदी, तुम बड़ी सुंदर हो। काम कर-कर के तुम्हारा यह हाल हुआ है। फिर मुझसे पूछती है–तुम्हारी तरह भारी कलसी मैं क्यों नहीं उठा पाती ? तुम्हारी तरह धान क्यों नहीं कूट पाती मैं ? पाँव फैलाकर, गालों पर हाथ रखकर बैठती है और कहती है–माँ ने मुझे यह सब सिखाया ही नहीं। ऐसी नाजुक कोई बनाता है लड़की को ?"

"उसे सारे काम करने क्यों नहीं देती ? करके ही तो सीखेगी ?"

"इतने दिनों तक इसलिए भारी काम नहीं करने दिया कि उसे देखकर दया आती है। बाद में तो सब कुछ उसे ही करना है। जब तक उसके बिना किए चलता है, चले। और अब तो वैसे भी उसे कोई भारी काम नहीं करने दूँगी। कहीं झटका लग गया और कुछ ऐसा-वैसा हो गया तो मैं किसे मुँह दिखाऊँगी ?"

ये बातें कनका ने सच्चे मन से ही कही थीं और गनपति मन-ही-मन निश्चिंत हो गया।

"जहाँ भी जाओ, समाचार जरूर देना।"

"दूँगा, पत्र लिखूँगा।"

सबेरे घाट जाते समय कनका ने अहना से पूछा, "अरे नइकी (नई बहू) ! यह क्या सुन रही हूँ ?"

"क्या, दीदी ?"

"तेरे पाँव शायद भारी हैं ?"

अहना का चेहरा गाढ़ा लाल हो आया।

"पता नहीं..."

"अच्छा, बता दो इस महीने तू छूने बैठी थी ?"

"नहीं..."

"तब ?"

"हमेशा तारीख पर थोड़े ही होता है। कितनी ही बार..."

"अच्छा, जरा तेरा मुँह देखूँ। मेरी तरफ देख तो।"

अहना ने सिर ऊपर उठाया। गौर से अहना का मुँह देखते हुए कनका बोली, "मुझे पता नहीं चलता। अच्छा ! उलटी तो नहीं हो रही है ?"

"उलटी क्यों होगी ? तुम भी, दीदी...चलो, घाट पर चलो..."

"सावधानी से रहना। पाँव सावधानी से रखना। घाट की सीढ़ियाँ चढ़ते-उतरते समय ध्यान रखना कि पाँव फिसले नहीं। सीढ़ियाँ हैं भी कितनी मैली ! काई से अटी पड़ी हैं। गदा से कहूँगी बालू और नारियल की खोल से अच्छी तरह सीढ़ियाँ साफ

कर दे। अभागा बिना कहे कुछ करता ही नहीं।''

''दीदी, क्या वर्षा से सीढ़ियाँ डूब जाएँगी ?''

''तैरना नहीं जानती क्या ?''

''नहीं। डर लगता था पानी से। सीख ही नहीं पाई।''

''वर्षा में कूँड़े में पानी भरकर आंगन में रख दूँगी। रसोईघर के पीछे नहा लेना।''

''वर्षा में तुम साँतलाभाजा* बनाती हो ?''

''हाँ, बनाती हूँ। लाई, चावल और ताड़ का गूदा भूनकर उसमें ताड़ का दूध मिलाकर तुझे खिलाऊँगी।''

''दीदी, सुनो। देखो, सरस्वती आ रही है। उससे कुछ मत कहना।''

''मुझे सिखाने चली है। तीन महीना बीतने दे। पहले खुद पक्की तरह जान लूँ, तभी किसी और को जानने दूँगी। मामी को ही पहले-पहल बताना होगा। पंचामृत खिलाएगी नहीं ?''

''यहाँ आएगी ?''

''नइकी क्या यूँ ही कहती हूँ ? पंडित से अच्छा दिन दिखाकर तुझे मायके भेज दूँगी। पहली संतान के समय माँ के पास ही ठीक रहता है। और वह गाँव भी तो नगर जैसा है। जरूर वहाँ पर अच्छी-अच्छी दाइयाँ होंगी।''

गनपति की शिक्षा के कारण अहना अब अपने मन की बात छिपाने लगी थी। गनपति ने उसे बताया था कि ''कनका छिन में मोहिनी तो छिन में बाघिनी हो सकती है। अगर तुम हमेशा उसके कहे अनुसार चलती रही, तभी तुम्हारा कल्यांन है। समझी ?''

''हाँ ! मैं उन्हें खुश रख सकूँगी।''

''और कोई रास्ता भी नहीं है। मेरी देह छूकर कसम खाओ कि ऐसा ही करोगी।''

''तुमने तो पहले ही मुझे जकड़ रखा है। अब देह कैसे छूऊँ तुम्हीं बताओ ?''

''ठीक है, वचन दो।''

''वचन देती हूँ। छोड़ो भी, मेरी साँस अटक रही है।''

''यही तो मुश्किल है। तुम ऐसी नरम हो कि...''

कनका ने जब कहा कि 'वहाँ अच्छी-अच्छी दाइयाँ होंगी' तो अहना ने उत्तर, ''हाँ, हैं। अच्छी तरह प्रसव करा देती हैं।''

''तो फिर वहीं ठीक है।''

---

*एक प्रकार का व्यंजन

"यहाँ तो तुम्हीं पर बोझ बनूँगी।"

"नहीं, हो, नहीं। यह बात नहीं है। खैर ! छोड़ो। वह समय आए तो। वहाँ पर मामी हैं, दास-दासियाँ है। अच्छी दाइयाँ है। तुम्हारी देखभाल अच्छी तरह होगी।"

अहना मन-ही-मन निश्चिंत हो गई। ऊपर से बोली, "तुम्हें भी साथ चलना होगा।"

"क्यों ?"

"तुम्हारे मामा का घर नहीं है क्या ?"

"मैं कैसे जा सकती हूँ। यहाँ घर-द्वार, गाय-गोरू, बाग-बगीचे हैं, बुआजी, नौकर इन सबकी देखभाल कौन करेगा ? मैं इस घर में डोली चढ़कर आई हूँ, अब अर्थी पर चढ़कर ही निकलूँगी। वैसे, एकदम नहीं निकली, यह बात भी नहीं है। एक बार चड़क मेला देखने निशिंदापुर गई थी ! बस, काफी है। अब कहीं आना-जाना नहीं है।"

"बाप के घर एकदम नहीं गई ?"

"माँ के मर जाने पर अगर बाप सौतेली माँ ले आए तो बाप के घर का दरवाजा हमेशा के लिए बंद हो जाता है, बहिन। पिताजी भी कलता छोड़कर जाने कहाँ चाकदह चले गए हैं।"

"बहिनों से भेंट होती है या नहीं ?"

"एक नदी की दूसरी नदी से भेंट तो हो सकती है, पर एक बहिन की दूसरी से भेंट उससे भी मुश्किल है। सब अपनी-अपनी गिरस्थियों में उलझी हुई हैं। उतरूनी के नहान पर शायद मँझली दीदी आई थीं। तब से नौ बरस हो गए भेंट नहीं हुई। देखूँ तो भी शायद पहचान न सकूँ।"

"बाप रे ! मैं तो ऐसी बात सोच भी नहीं सकती। तुम्हारी बातें सुनकर, यह देखो, मेरे रोंगटे खड़े हो गए हैं।"

"मेरी दुनिया, मेरा इहलोक-परलोक तो यही घर और इसके आदमी हैं।"

"हाँ दीदी ! सब कुछ तो तुम्हारा ही है।"

सरस्वती ने दूर से पुकार कर कहा, "सखी ! अब और देह रगड़ने की जरूरत नहीं। दामिन्या के पानी से वैसे ही देह गोरी हो जाती है। अहना का रंग तो पहले ही इतना गोरा है।"

"थोड़ा-सा मल देती हूँ। अपना हाथ तो पीठ पर पहुँचता नहीं। मुझसे मैली देह, मैले कपड़े बर्दाश्त नहीं होते। ले अहना, डुबकी मार ले।"

कानों में उँगलियाँ डालकर अहना पानी में डुबकियाँ लगाने लगी।

दस

दामिन्या ही क्यों, आस-पास के गाँव-गाँव में बात फैल गई कि गनपति बनिया कारोबार में किस्मत आजमाने परदेश जा रहा है। एक समय गंध-वणिक लोग देश-देश में व्यापार करते थे। चाँद सौदागर, धनपति सौदागर की कहानियाँ तो लोगों की जुबान पर थीं।

मुकुंद पंडित की पत्नी ने एक दिन पूछा, "क्यों जी, एक बात बताओ। यह मनसा की कहानी क्या सच है ?"

"सत्य से ही कहानी बनती है, रानी।"

"वह कैसे ?"

"मनसा, शीतला, घेंटू, ओलाईचंडी की एक समय छोटी जातियों के लोग पूजा करते थे। हम लोग भले ही छोटी जाति के नहीं, पर साँप, बीमारी, बाल-बच्चों की चिंता–इन सबके लिए क्या छोटी जाति, क्या बड़ी जाति।"

"सच है।"

"तो साँप के काटने से मौतें बहुत होती हैं। और साँप की देवी हैं मनसा। वे वास्तुकला की भी देवी हैं। चाँद सौदागर से पूजा प्राप्त करके उन्हें भी महत्त्व प्राप्त हुआ।"

"धत् ! तुम्हें पता ही नहीं है।"

"सुनो, ऐसे ही देवी-देवताओं की उत्पत्ति होती है। कदंबेश्वर शिव का मंदिर देखा है न। एक सुंदर पत्थर किसी पेड़ के नीचे पड़ा था। नहा कर लड़कियाँ उधर से गुजरतीं तो उस पर थोड़ा जल चढ़ा देती थीं। अंततः रसिक दीघड़ी ने उस पत्थर को सदाजाग्रत शिव कहकर उसकी स्थापना की।"

"बाप रे ! जाग्रत शिव !"

"तुमने उन्हें जागते देखा है ?"

"एक जने को नित्य ही जाग्रत देखती हूँ।"

"यह तो अच्छा ही है। गाँव में सरगरमी रहती है।"

"क्यों ?"

"यही तो ग्राम जीवन है ! हम क्या देख पाते हैं। कुछ भी तो नहीं जान पाते।

ऐसे जीवन में गनपति का परदेश जाना ही क्या एक समाचार नहीं बन जाता ?''

सचमुच चंडीमंडप में सरगरमी छाई थी।

हरिहर मिश्र सर्वत्र 'घोर कलियुग' देखते हैं। उन्हें कलियुग की सूचना सब समय मिलती रहती है। घोर कलिकाल न होता तो उनकी ब्राह्मणियाँ झगड़ा-झंझट नहीं करतीं। उनका कुलदीपक वज्रमूर्ख नहीं रह जाता। ठठेरा उनके पीतल के घड़े की मरम्मत करके पैसा नहीं माँगता।

उन्होंने कहा, ''अरे राम ! राम ! तुम लोगों ने देखा ? सोना बनिए का लड़का बड़का व्यापारी होने जा रहा है। क्यों मुकुंद ?''

''बनिए का बच्चा व्यापार नहीं करेगा तो क्या करेगा ?''

''तुम लोग नए जमाने के छोकरे हो। ऐसी बातें नहीं करोगे तो काम चलेगा ? गंधवणिक व्यापार करने परदेश जाते थे, यह सब मैंने सुना है। तो क्या ये भी दिशा-दिशा में...''

''उसके भाई लोग तो बहुत पहले ही गए।''

''वे तो वर्धमान गए थे, विदेश में। इसका घर तो दामिन्या में ही है। यह सब नए जमाने की हवा है। ग्यारहवाँ बंगाब्द है न ? यही कलिकाल का लक्षण है।''

मुकुंद के जजमान वसुभूति दत्त ने हँसकर कहा, ''यह तो अच्छी बात है। गनपति बहुत अच्छा काम कर रहा है। कहा भी है–'उद्योगिनं पुरुषसिंह भुपैति लक्ष्मी।' उद्यम करने वाले श्रेष्ठ पुरुष का ही लक्ष्मी वरण करती है।''

''इस जाति के भाग्य में यदि यही लिखा रहता तो ये जाति से च्युत क्यों होते ?''

मुकुंद ने हँसकर कहा, ''पाँचवें-छठे बंगाब्द तक सुवर्णवणिक ऊँची जाति के थे। वे राजाओं को धन देते थे। राजाओं को स्वर्णमुद्राएँ ऋण में देते थे।''

''तुम्हें शायद वे बता गए हैं !'' हरिहर मिश्र ठठाकर हँसे।

''पोथी पढ़ते तो आपको भी मालूम होता।''

''ब्राह्मण को पोथी पढ़ने की क्या जरूरत ? पूजा, विवाह, श्राद्ध, यज्ञोपवीत जो भी कराना हो सब मंत्र मुझे कंठस्थ हैं।''

''पोथी पढ़े बिना भी बहुत-कुछ जाना जा सकता है।'' किसी मिश्र-समर्थक ने टिप्पणी की।

''तो सुन लीजिए। राजा बल्लाल सेन के राजत्व काल में सुवर्णवणिकों ने ऋण देकर राजा की सहायता की। मगध के राजा सेठ वल्लभानंद के दामाद थे। बल्लाल सेन बार-बार सोना ऋण में लेते थे, पर लौटाते न थे। तब वल्लभानंद ने सोने के बदले में हरिकेल के राजस्व पर अपना दावा जताया। क्रोधित होकर बल्लाल सेन ने उनकी जाति की धन-संपत्ति जब्त कर ली, उन्हें जातिच्युत कर दिया। तभी से इनके

गौरव का सूर्य अस्त हो गया। समझे ?''

''वाह क्या खूब कहानी बनाई है ? यह सब क्या सच हो सकता है ?'' हरिहर मिश्र ने कहा।

''यह सब मैंने 'बल्लालचरित्' नामक ग्रंथ में पढ़ा है।''

''पोथी में लिखा है क्या इसीलिए विश्वास करना पड़ेगा ? और अगर ये सब बातें सच होतीं तो हमने भी तो कभी न कभी सुनी होतीं।''

मुकुंद ने कहा, ''पोथी में लिखी बातों पर विश्वास क्यों नहीं किया जाए ?''

वसुभूति ने हँसकर कहा, ''मिश्र ठाकुर ! व्यर्थ में गुस्सा हो रहे हैं आप। पोथी में प्राचीन काल की कथा लिखी है। ये सब कथाएँ हम-आप कहाँ से सुनते ? यह कोई गाँव की गपाष्टक तो है नहीं।''

''तब तो विश्वास करना ही होगा। अरे ! प्राचीन काल के लोग जो जानते थे, वह नए जमाने के लोग क्या खा के जानेंगे ?''

''इनके जैसा पंडित-विद्वान इस इलाके में नहीं है कोई। यह दामिन्या का सौभाग्य है कि ऐसा मनुष्य यहाँ रहता है।''

''यह सब गना के ससुर की कारसाजी है।'' हरिहर मिश्र भुनभुनाए।

''गनपति के ससुर धनवान और सम्मानित व्यक्ति हैं। देव-द्विज में भक्ति रखते हैं। दानी हैं। साल के साल पोखरा खुदवाकर जल उपलब्ध कराते हैं गरीबों के लिए। ऐसा व्यक्ति उच्च वर्ण में भी दुर्लभ है।''

हरिहर मिश्र कुटिल और दूसरों से ईर्ष्या रखनेवाले व्यक्ति थे। उन्होंने कुटिलता से हँसते हुए कहा, ''बहुत भला आदमी है गनपति का ससुर, इसमें क्या संदेह ? सिर्फ इतना है कि लोकाचार और समाजनीति को लात मारकर रजस्वला पुत्री को घर में बिठाए था। क्या कहते हो मुकुंद पंडित ?''

गंभीर और कठोर स्वर में मुकुंद पंडित ने कहा, ''कन्या की जन्मकुंडली में ऐसा ही निर्देश था और वह जन्मकुंडली स्वयं रामाचार्य ने बनाई थी।''

सभी चुप हो गए। एक दूसरे की ओर देखकर सिर नीचे कर लिया उपस्थित लोगों ने। हरिहर मिश्र पराजित होकर बोले, ''इस बात का तो पता न था।''

''शचीपति के कहने पर मैंने जन्मकुंडली का फिर से निरीक्षण किया। जन्मकुंडली के अनुसार रजस्वला होने के पूर्व कन्या का विवाह होने पर उसका विधवा होना निश्चित था। चौदह बरस की आयु पूरी होने पर ही विवाह करने का निर्देश था। बोलिए, अब क्या कहना है ?''

''इस बात का मुझे ज्ञान न था।''

''आपने क्या सोचा था ?''

''मैंने तो सोचा था, बिना किसी कलंक के ऐसी लड़की की शादी भला कोई गना से क्यों करेगा ?''

दामिन्या में वसुभूति की बातों पर लोग भरोसा करते हैं। उसकी एक प्रतिष्ठा है। वसुभूति ने कहा, "कोई गलत बात नहीं हुई है। गनपति निस्संतान है। ब्याह न करता तो उसका वंश न चलता। इधर यह लड़की चौदह साल की है। उन्हें जल्दी ही संतान का मुँह देखने को मिल सकता है। हमारे घर की दासियों ने लड़की को देखा है। देखने में परम सुंदरी है, देवकन्या कहें तो अतिशयोक्ति न होगी। दहेज भी बहुत ले आई है। स्वभाव भी, सुना है, झील के गहरे पानी की तरह शांत है।"

"चलो, अच्छा है," वसुभूति के भाई भवभूति ने कहा, "चंडीमंडप में बैठकर क्या सिर्फ परनिंदा होगी ? कुछ काम की बातें भी हो जाएँ।"

वसुभूति ने कहा, "बोलो, तुम्हारी चिंता क्या है, बताओ।"

"कुछ तो हैं हमारी अपनी बातें भी। यह यहाँ बैठकर दूसरों की खोट देखते हैं, बेकार की गप करते हैं। कोई सार्वजनिक हित की बात नहीं करते। पहले यहाँ पर ग्राम और ग्रामवासियों की सुविधाओं-असुविधाओं पर चर्चा होती थी। उनसे निपटने के उपाय सुझाए जाते थे, उनकी व्यवस्था की जाती थी। अब जो हमारे ताल-पोखरे हैं..."

वसुभूति ने कहा, "सही बात है। हमारे पोखरे के घाट पहले काफी ऊँचे थे। जानवर पानी में घुस नहीं पाते थे। घाट टूट-फूट गए हैं। जानवर पानी गंदा करते हैं। चलो, यह काम मैं अपने जिम्मे लेता हूँ। पोखरे की सुरक्षा बहुत जरूरी है।"

"चलिए, यह काम आप करवा देंगे, मगर आगे और भी संकट आने वाला है।"

"क्यों ? क्या हुआ ? कहीं देव-पूजा में कोई त्रुटि हुई है क्या ? कोई व्यक्ति असामाजिक काम करने वाला है क्या ?"

"देवता का नहीं मनुष्य का कोप झेलना है हम सब को। सुना है, महमूद शरीफ वजीर होनेवाला है।"

हरिहर ने पूछा, "तो उससे हमें क्या ? कोउ नृप होइ हमहिं का हानी... ।"

"वह आदमी बड़ा भयंकर अत्याचारी है। समूचे सलीमाबाद पर अनाचार-अविचार के बादल घहराने वाले हैं।"

मुकुंद ने कहा, "हाँ ! यह बात तो मैंने भी सुनी है।"

वसुभूति दत्त धीर-गंभीर आदमी हैं। उन्होंने कहा, "प्रशासक के बदलने से प्रजा के मन में आतंक का प्रवेश स्वाभाविक है। गोपीनाथ नंदीनियोगी को इस बारे में पूरा पता होगा। वे ठहरे तालुकदार। वजीर-नाजिर-तहसीलदार आदि के साथ उनका संपर्क रहता है। क्यों पंडित, क्या कहते हो ?"

मुकुंद ने कहा, "हाँ ! आपका कहना सही है। तीन महीने पहले मैं उनसे भेंट करने गया था। वे भी चिंतित थे।"

वसुभूति खास चिंतित नहीं दिखे।

उन्होंने कहा, "सबका जो होगा, हमारा भी होगा।"

वयोवृद्ध ब्रह्मकेशव के भाई सुधन्य ने वसुभूति पर कटाक्ष करते हुए कहा, "जिसके पास जमीन-जायदात है, जो धनी-मानी हैं वे करें चिंता। हमें क्या ? नंगटे को नहीं होता बटमारी का भय।"

मुकुंद ने कहा, "यह क्या कह रहे हैं ? तूफान आता है तो क्या किसी एक का घर गिरता है ? आग लगती है तो क्या धनी-मानी लोगों के ही घर जलते हैं, झोपड़ियाँ नहीं जलतीं ? शासक अनाचारी हो तो सबका दुर्दिन आता है।"

सुधन्य ने कहा, "त्रिनयन कल तेगुना के पास गए थे। तेगुना का कहना है—गाँव में भुतहा बयार बह रही है।"

मुकुंद ने कहा, "उसकी बात छोड़िए।"

"मगर वह भी बड़ी पहुँची हुई है।"

"तो फिर उससे कहिए—अत्याचारी वजीर का आना रोक दे। आप लोगों ने उसे यों ही..."

वसुभूति ने अंत में कहा, "आवश्यकता हुई तो कहीं दूसरे इलाके में चला जाऊँगा। मगर ठाकुर ! तुम तो शायद न जा सको गाँव छोड़कर। सुना है एक नया घर बनवाया है, गाय भी खरीदी है।"

"दत्त महाशय ! बाघ आ जाए तो गोरू मजबूत खूँटा उखाड़कर भी भाग जाते हैं।"

दामिन्यावासियों को गुरु-गंभीर चर्चा अच्छी नहीं लगती।

हरिहर मिश्र ने सोचा—मुकुंद कुछ ज्यादा ही बढ़ा-चढ़ाकर कह रहा है। कहाँ है आफत ? सूरज हमेशा की तरह उग रहा है, दिन हो रहा है। सब अपने काम में लगे हैं। संध्या होने पर सुखपूर्वक सो रहे हैं। कहाँ आ रहा है तूफान ?

फिर बोले, "बाघ जब आएगा, तब देखा जाएगा। उसकी भी व्यवस्था हो जाएगी।"

सुधन्य बाबू का मन इस चर्चा में न था। वे मन-ही-मन कुछ और सोच रहे थे। बाघ का नाम सुनकर अचानक उन्हें होश आया। बोले, "बाघ की बात कर रहे हैं, तो सुनिए। उद्धारपुर के घाट पर रोज एक बाघ आता था। घाट पर बैठकर माला फेरता था। उसकी देह से चंदन की गंध आती थी। और क्या भक्ति ! मैंने अपनी आँखों से देखा है।"

यह कहानी सुधन्य बाबू के श्रीमुख से लोगों ने अनगिनत बार सुनी है; एक बार और सुन ली।

दामिन्या में ऐसी कितनी ही कहानियाँ प्रचलित हैं। एक कहानी यों है कि किसी स्त्री को बाँध-छानकर सती करा दिया गया था। वह प्रेतिनी बनकर श्मशान में घूमती फिरती है और रह-रहकर चिल्लाती है—'जल गई रे ! जल गई रे !'

किसी ने देखी नहीं यह घटना, पर विश्वास करते हैं। उन्हें इस बात पर भी

विश्वास है कि कृष्णदीघी (झील) में मानता मानने से जलदेवता बर्तन और गहने देते हैं। ग्यारहवें बंगाब्द की अंधकारसच्छन्न छाती में ऐसे अनेक रहस्य छिपे हुए हैं, जिन पर रोशनी डालकर किसी ने नहीं देखा।

घर लौटकर मुकुंद ने हाथ-मुँह धोया। संध्या-पूजन किया। घर का अर्थ है—पानी से धुली गोशाला, रसोईघर से आती रसोई की गंध। घर का अर्थ है—संध्या-आरती के प्रसाद के लोभ में शीबू और शिउली का शांत होकर बैठे रहना।

घर के काम निपटाकर कमरे में जाकर मुकुंद की पत्नी ने उसे पान दिया। खुद भी खाया।

"हलधर के और क्या समाचार हैं ? वह तो बाकायदा तेगुना का चेला हो गया है।"

"यह भी एक 'आश्चज्ज' है।"

"कैसा 'आश्चज्ज' ? और तुम 'आश्चज्ज' क्यों कहती हो, 'आश्चर्य' नहीं कह सकती ?"

"तुम्हारी तरह मैं भला बोल सकती हूँ ?"

"क्यों शुद्ध बोलने में क्या कठिनाई है।"

"मुझसे नहीं होता। जैसे बोलना सीखा है वैसे ही बोलूँगी।"

इसके बाद पत्नी पाँव झुलाकर खाट की पाटी पर बैठ गईं और बोलीं, "तेगुना के मुँह में खूब कालिख लगी।"

"कैसे ?"

"हला कहता है पंडिताइन माँ ! बूढ़ी कुछ नहीं जानती। उसने बनिए की बहू को दवा दी थी कि दोनों सौतों में झगड़ा हो। वह तो हुआ नहीं। उधर दोनों सौतों में ऐसा मेल है कि ऐसा कहीं देखा ही नहीं गया। झगड़ा-झंझट तो दूर, उलटे दोनों एक-दूसरे की देख-भाल करती हैं, बुढ़िया की दवा-दारू सब बेकार है।"

"तेगुना एक अशुभ औरत है। दूसरों को नुकसान पहुँचाने के अलावा उसकी कोई चिंता नहीं। गनपति की पत्नियाँ हों या कोई और परिवार, आदमी मिल-जुलकर रहें तो उसके पेट में दर्द होता है। सिर्फ दूसरों का नुकसान करना चाहती है।"

"वह न कोई विद्या जानती है, न खेती-बाड़ी करती है, न और कुछ ? सभी अगर ठीक से रहें तो उसका दाना-पानी, नून-तेल-कपड़ा कहाँ से आएगा ?"

"गाँव के लोग ही उसे सिर चढ़ाए हुए हैं। लोग हमेशा उसके पास जाते हैं। ब्राह्मण-कायस्थ और दूसरी जातियों के लोग... ।"

पत्नी ने थोड़ा हँसकर कहा, "मारन-उचाटन कर सकती है, भूत-पिशाच भेज देती है; वशीकरन जानती है, तभी तो लोग जाते हैं।"

"कुछ भी नहीं जानती वह। आकुल साहा गया था। उसने क्या-क्या उद्योग नहीं कराया कि उसके बच्चे पैदा होते ही न मरें। क्या उसका काम हुआ ?"

"वह कहेगी कि नियम-विधि के पालन में कोई कमी रह गई, इसीलिए काम नहीं हुआ।"

"नहीं, तेगुना की बात ही मत करो। देखो ! हला को मैं कुछ नहीं कहता, क्योंकि वह बलराम का बेटा है। पर अगर वह तेगुना का चेला बनेगा तो मैं उसे ग्वाले की नौकरी पर भी नहीं रखूँगा। वैसे भी बेकार लड़का है। माँ-बाप का खयाल नहीं करता। मैंने घर ले जाने के लिए केलों का एक गुच्छा दिया, मैदान में बैठकर सारे केले खुद खा गया। भाई-बहनों का भी कोई खयाल नहीं।"

"तुम सचमुच नाराज हो गए ?"

"अब कभी वह तेगुना के वहाँ गया तो घर में घुसने ही नहीं दूँगा। यही सब फालतू बातें वह करता रहता है। शीबू सुनता है। नहीं, यह नहीं चलेगा। उसके बाप से नहीं कहता, क्योंकि बड़ा क्रोधी है। इसे बुरी तरह पीटेगा। अपने घर के बच्चे की तरह पाला है। अब क्या हाल है उसका ? आज दिखाई नहीं पड़ा वह ?"

"अपने घर गया है। उसकी माँ ने बुलाया है। मैं उससे कहूँगी, डाँटूँगी उसे।"

"तुम तो डाँट चुकी। और वह भी हलधर को ? यह तुम्हारा काम नहीं है। तेगुना गनपति के परिवार को नुकसान पहुँचा रही है, यह जानकर मुझे बहुत गुस्सा लगा है। पाँच लोगों को बुलाकर मैं गाँव से बाहर खदेड़वा दूँगा उसे।"

"औरों की गलती के लिए उसे सजा दोगे ?"

"मतलब ?"

आँखें भर आईं, गला काँप गया, फिर भी मुकुंद की पत्नी ने कहा, "आदमी खुद ही चाहता है एक-दूसरे का नुकसान करना। कोई भूत-पिशाच भेजकर सौतेले भाइयों को मरवाना चाहता है। ब्राह्मण, कायस्थ, वैद्य, बनिया, कराली, हाड़ी, डोम, वाउड़ी—सभी ऐसा चाहते हैं। उसके पास जाते हैं। क्या तेगुना इन्हें बुलाने आती है ?"

"यह बात नहीं है। तेगुना समाज के अंधविश्वास का फायदा उठाती है।"

"सिर्फ तेगुना क्यों ? लोगों को भी कहो न, हिंसा झगड़ा-झंझट भूल जाएँ। किसी का नुकसान मत चाहें, भला चाहें। यह तो तुम कर नहीं पाओगे, सिर्फ तेगुना को दोष देने से क्या होगा ?"

"यही तो !"

"क्यों, क्या हुआ ?"

"उस दिन गनपति ने और आज तुमने मेरी आँखें खोल दीं। गनपति ने कहा था—'देश छोड़ना पड़ेगा तो छोड़ दूँगा। मरने के बाद तो एक सूत भी साथ नहीं ले जा सकूँगा। देश छोड़ने में क्या इतना कष्ट होगा ?' आज तुमने कहा— 'आदमी अगर हिंसा-द्वेष भुला दे तो तेगुना जैसों की जरूरत ही न रहेगी।' नहीं, पोथियाँ पढ़े बिना भी आदमी ज्ञानी हो सकता है।"

"चलो, जितनी बुद्धू तुम मुझे समझते हो, उतनी बूद्धू तो नहीं हूँ।"

"तो हला अगर फिर तेगुना के पास जाए तो ?"

"तो उसे खाना नहीं दूँगी।"

"नहीं, यह तू नहीं कर पाएगी। अगर वह खाना माँगे तो तू बिना दिए नहीं मानेगी।"

"माँ ने जैसी सीख दी है..."

"कोई बात नहीं, मगर तू उसे मना करना। कहना, मैं बहुत नाराज हूँ। उस दिन गनपति की बातों से समझ में आया था कि वह अहना को लेकर चिंतित है। उसे डर है कि कहीं कनका उसको क्षति न पहुँचाए।"

"नहीं, नहीं, अहना को कुछ नहीं होगा। वह ठीक रहेगी। मैं रोज उसके नाम पर देवता को फूल-तुलसीदल चढ़ाती हूँ। क्या रूप है उस लड़की का ? जैसे देवकन्या हो। आँखें शिउली जैसी हैं।"

"चलो, बच गया।"

"क्या मतलब ?"

"मैं 'तू' करके तुमसे बात कर रहा था। अच्छा हुआ तुम्हारा ध्यान इधर नहीं गया।"

मुकुंद की पत्नी की आँखें बड़ी-बड़ी हो गईं। पान के रस से भीगे टक् लाल होंठ खुल गए। उसने तर्जनी उठाकर कहा, "तभी तो मैं कहूँ, मुझे कुछ अजीब-सा क्यों लग रहा है ? माँ जब से गई हैं, तुम्हारी हिम्मत बहुत बढ़ गई, ठाकुर ! मौका मिलते ही घर की रानी के साथ तू-तड़ाक् शुरू कर दिया ? तुम्हें तो मैं..."

मुकुंद ने हँसकर पत्नी का मुँह बंद कर दिया।

कुछ समय तक कोई यह न समझ सका कि अहना के लिए मुकुंद की पत्नी के मन में जो गहरा उद्वेग है उसका वाकई कोई आधार है। क्योंकि कनका ने अपने पति को जो वचन दिया था उसकी रक्षा करके चल रही थी। वह अहना का खयाल रखती थी। हमेशा ध्यान रखती थी कि उसका अनिष्ट न हो।

मधुकर ने अपनी पत्नियों से कहा, "गनपति के परिवार से तुम लोग सीख ले सकती हो। कौन कह सकता है कि उस घर में दो सौतें रहती हैं, जबकि उनका पति भी घर में नहीं है।"

सरस्वती ने कहा, "अजी ! तुम मेरी सखी को पहचानते नहीं। अभी से धन्य-धन्य मत करो। आगे देखना। वह जो भी करती है, मतलब से करती है।"

लक्ष्मी ने टिप्पणी की, "तेरी ही तो सखी है !"

"सखी हो या और कोई, मैं तो सच बात कहूँगी। अगर कोई उसकी गर्दन पर सवार होने की कोशिश करता है तो वह उसे कच्चा चबा जाती है।"

यदुनंदन की विधवा बहिन हरिमती एक दिन तिल-चावल के आटे के साथ कुम्हड़े के फूल के पकौड़े और कमरख की चटनी कनका को देने गई।

घर वापिस आकर बोली, "ओ माँ ! जानते हो क्या देखकर आ रही हूँ ? बड़ी तरह-तरह के पकवान बनाकर छोटी को खिला रही और छोटी पेट पकड़कर कह रही है—अब और नहीं, दीदी। पेट फट जाएगा।"

यदुनंदन ने पूछा, "देखकर दुख हुआ न ?"

"हाँ ! यह बात तो है। सौतों में प्रेम की बात कभी किसी ने सुनी है, बोलो ?"

यदुनंदन की माँ ने कहा, "कलिकाल आ गया है। अभी ऐसे कितने ही अजूबे देखेगी तू।"

वस्तुतः दामिन्या ग्राम में इस घटना ने ऐसे विस्मय की सृष्टि की थी कि सभी दम साधकर देख रहे थे कि कब यह वातावरण नष्ट होता है, कब यह तिलिस्म टूटता है। कब साँप पिटारी से बाहर निकलकर फन काढ़ता है ?

अभी तक कनका निश्चिंत थी कि अहना गर्भवती है। इससे उसके मन में ईर्ष्या सिर उठाती थी, पर अहना की निर्भरता देखकर वह फिर कोमल हो जाती थी। गनपति की बड़ी इच्छा है कि बेटे को गोद में खिलाए। कनका की भी कितनी साध थी कि सुबह-सुबह कोई उसे 'बाँझ' न कहे ! क्योंकि अहना ने वचन दे रखा था, "दीदी, मैं अपनी संतान तुम्हें देती हूँ। तुम उसकी 'माँ' होगी और मैं 'छोटी माँ'।"

"देखा जाएगा।"

"मान लो मैं उसे जन्म देते समय मर जाऊँ तो उसे कभी मालूम न हो कि उसकी माँ जिंदा नहीं है।"

"छिः ! अहना, कैसी बात कर रही हो ?"

"नहीं, दीदी ! मुझे सब कुछ मिल गया। तुम्हारा प्यार, पति का स्नेह ! बस एक बेटा दे दूँ, जिसके लिए मुझे लाया गया है तो और कुछ नहीं चाहिए। सच, मुझे लगता है मैं बचूँगी नहीं।"

"चुप कर। तेरी तबीयत तो ठीक ही है। अभी कुल दो ही महीने तो हुए हैं। अभी भी मैंने किसी से इसकी चर्चा नहीं की है।"

"यह कैसा गर्भ है, दीदी ? मुँह का स्वाद ठीक है, खाने में कोई अरुचि नहीं और न ही उलटी आती है ?"

"यह तो अच्छा ही है रे ! माँ खाएगी-पीएगी तो बच्चा भी मोटा-सोटा होगा।"

"तुम्हारी भी अच्छी मुसीबत है ! तीन महीना बीते बिना किसी से पूछ भी नहीं सकती कुछ।"

"मैं नहीं बताने वाली। एक तो तेरा रूप देखकर लोग डाह से मरे जा रहे हैं। दूसरे इतना सामान लेकर तू आई उसका डाह। पति कमाने परदेश गए उसका डाह। अब यह बात भी लोगों को मालूम हो जाए तब तो डाह के मारे लोग भसम

ही हो जाएँगे।''

अहना सिहर उठी। गर्भ में बच्चे की बात जानने के बाद से उसका मन भी कुछ और तरह का हो गया है। बच्चा गर्भ में सुरक्षित रहे। शुभ मुहूरत में अच्छी तरह जन्म ले, यही उसकी कामना है। गनपति को बड़ी उम्मीद है कि उसकी गोद में बेटा खेलेगा। उनकी आशा पूरी हो, अहना मनाती।

और कनका ने भी उसकी कितनी देखभाल की है ! यह ऋण भी क्या अहना कभी चुका पाएगी या भूल पाएगी ?

अगर ऐसा ही चलता तो ग्यारहवें बंगाब्द की बनिया-बहू की कहानी कुछ और होती। बनिया-बहू नामक चिड़िया अहना के रोने की आवाज को कंठ में धारण कर कलपती न फिरती।

ग्यारह

कनका के स्नेह का वातावरण एक दिन छिन्न-भिन्न हो गया। उसने अहना को आग की लपटों के बीच खड़ा कर दिया। सहसा अहना सब कुछ खोकर भिखारिन बन गई।

अहना ने बाद में कितना सोचा था। क्या वह दिन और दिनों से भिन्न रूप में शुरू हुआ था। क्या कोई बुरा लक्षण दिखाई दिया था ? नहीं, ऐसा कुछ तो नहीं हुआ था, वरन् इसका उलटा ही हुआ था उस दिन।

उस दिन सवेरे-सवेरे उसे नीलकंठ दिखाई पड़ा था।

''ओ दीदी ! वो देखो, वो देखो।''

''अरे ! यह तो बड़ा शुभ पक्षी है रे ! प्रणाम कर अहना। यह पक्षी तो धन-संपत्ति देनेवाला है।''

''सच ?''

''हाँ, एकदम सच।''

सवेरे दोनों ने स्नान किया था।

अहना की देह को मलते हुए कनका ने कहा था, ''तीन माह पूरे होने के पहले किसी से इसका जिक्र नहीं करूँगी। चौथे महीने लोगों से बातचीत करके जान लूँगी कि तुझे कैसे रखना है।''

अहना ने गहरे विश्वास के साथ कहा, ''तुम मेरी जितनी देखभाल कर रही हो, मेरी माँ भी नहीं कर सकती।''

''मामी के साथ भला मेरी क्या तुलना ? कहाँ मामी, कहाँ मैं ?''

''सच कह रही हूँ, दीदी। झूठ क्यों बोलूँगी।''

गहरे आंतरिक आवेश के साथ अहना ने आगे कहा था, ''ईश्वर से प्रार्थना करती हूँ कि अगले जनम में मैं तुम्हारी बेटी होकर इस दुनिया में आऊँ। सच दीदी, तुम्हें, 'माँ' कहने को बड़ा मन करता है।''

''इतनी माया में क्यों फँसा रही है, बता तो ? चल, तुझे कुछ खाने को दूँ। तुझे दूध-लैया अच्छी लगती है न ? दूध जलाकर गाढ़ा किया है। अंगुल-भर मोटी मलाई पड़ी है। साथ में नारियल की गीरी भी है।''

दोनों ने पास-पास बैठकर खाया-पीया, हँसी-दिल्लगी की और गप करती रहीं।

खाते-खाते कनका ने कहा था, "ओ बुआ ! इमली धूप में डालना न भूलना। और सुनो, तुम्हारे कमरे में दूध-लैया रख आई हूँ, खा लेना।"

"तुझे हर बात का ध्यान रहता है, बहू !"

दरअसल बुआजी मन-ही-मन अहना के प्रति बहुत कृतज्ञ हैं। अहना के पिता हर महीने बेटी के घर तोहफे भेजते रहते हैं। फल मिठाइयाँ अचार, बड़ियाँ, मछलियाँ, मसाले, दही, मक्खन आदि पठाते रहते हैं।

अहना कहती है, "दीदी, बुआजी को भी दो। नहीं दोगी तो उनकी नजर लगेगी।"

कनका शुरू-शुरू में अहना के इस आग्रह का बुरा मानती थी। मगर अब उसे बुरा नहीं लगता। अहना के घर से आने वाली चीजों को पूरे मुहल्ले में बाँटती है। कहती है, "मामी को इतना खयाल कहाँ ? उनकी दासी हमेशा कहती है–'यह तो मैं अपनी ओर से भेजती हूँ। उसके माँ-बाप का कर्तव्य मैं पूरा करती हूँ।'"

कनका आजकल अक्सर कहती है, "पहले जानती कि मेरे अपने लोग भी हैं तो सास का इतना खोंचा क्यों बर्दाश्त करती ? आह ! उनके जिंदा रहते अगर कभी बनिया त्रिनयनी गए होते तो कितना अच्छा होता !"

अहना दुखी होकर कहती, "क्या फायदा होता ? मान लो मेरी जनमकुंडली में कोई दोष न होता तो मेरे पिताजी मुझे कबका ब्याह चुके होते।"

"पर ऐसा वर तुझे नहीं मिलता।"

"नहीं, ऐसी दीदी मुझे नहीं मिलती।"

दोपहर में गप-शप करते दोनों ने भोजन किया। कनका को ऐसा अनुगत श्रोता कभी नहीं मिला था। उसकी बातों का कोई ओर-छोर न था।

"काँटा लगने से धोती फट गई थी। मैं छिपकर सिलाई कर रही थी। तभी अचानक कोई मेहमान आ गया। सास ने कहा–'जा, खाना बना।' क्या करती ? हमेशा कोसती रहती थी। कहती–'संतान कोई हुई नहीं और यह बाँझिन खा-खा के मोटा रही है। चिकनी होती जा रही है।'"

"तुम्हारी सास ने कभी तुम्हें प्यार नहीं किया ?" अहना पूछती तो कनका बोलती, "शुरू-शुरू के कुछ बरसों में इतना बुरा व्यवहार नहीं करती थी। क्या कहूँ बहिन ? बाप ने भी ब्याह करने के बाद एकदम से हाथ खींच लिया। न आना-जाना, न लेना-देना। कोई खोज-खबर भी लेने नहीं आता। सास को भी क्या दोष दूँ ? उनकी बड़ी बहू और मँझली बहू के मायकों से तो सालों तक सामान आता रहता था।"

"वाह ! इन लोगों को इतना तो समझना चाहिए कि तुम्हारे बाप परदेश में जा बसे हैं। इतनी दूर से..."

"कोई नहीं समझता रे ! ले यह टुकड़ा खा ले।"

“पहले मैं मछली बहुत कम खाती थी। मछली खाना तो तुमने सिखाया। मेरी माँ को भी मछली बहुत पसंद है।”

“मामा को तो अपने हाथ की मछली खिला दी। अब तेरे बेटे को लेकर मामा के घर जाऊँगी तो मामी को भी बनाकर खिलाऊँगी।”

“दीदी ! तुमने आज इतने कपड़े धोए, पर मुझे हाथ तक नहीं लगाने दिया। मुझे अच्छा नहीं लगता। कथरियाँ और तकिए भी धो डाले।”

“मुझे काम करने की सनक है। तकियों को अभी धूप में डाला है। सूख जाएँ तो सिलाई खोलकर रुई बाहर निकाल लूँगी। हाथ में रुई पींजकर दुबारा तकिए में भरूँगी। फिर उनके मुँह की सिलाई करूँगी।”

“मेरे ब्याह के तकियों में इतनी रुई ठूँसी गई है कि लकड़ी की तरह सख्त हो गए हैं।”

“कोई बात नहीं। मैं ठीक कर दूँगी। थोड़ी सी रुई निकाल दूँगी, तकिया नरम हो जाएगा।”

“बाप रे ! इतना खा लिया कि अब नींद आ रही है।”

“जा, मेरी खाट पर सो जा। अरे बुआ ! जरा तुम दरवाजे पर बैठ जाओ तो !”

“तेरी यह सनक कब जाएगी, बहू ? दोपहर में दो पल आराम भी कर लिया कर।” बुआ भुनभुनाईं।

“तुम्हारी भौजी ने कभी दोपहर में मुझे सोने नहीं दिया था ? दूसरी बहुएँ खा-पीकर अपने-अपने कमरे में गईं, पर मुझे हुक्म हुआ, छोटी बहू ! मचिया पर बड़ियाँ सूख रही हैं, चिड़ियाँ न बैठने पाएँ। नहीं तो कुछ और काम बता देतीं। 'यह कर–वह कर' बोलती ही रहती थीं। तब से जो आदत पड़ी है, बुआजी, वह अब कहाँ छूटने वाली है ?”

अहना मुँह-हाथ धोकर सोने चली गई।

लेटकर अहना सोचने लगी–यह कैसी हालत हो गई है ? हमेशा आलस घेरे रहती है। नींद आती है। माँ कहती थी कि मैं पेट में थी तो उन्हें मक्खन, मलाई और मिठाइयाँ बहुत अच्छी लगती थीं। लोग कहते–तेरी माँ ने इतना दूध-मक्खन खाया, जभी तो तेरा रंग दूध की तरह गोरा और चमड़ी मलाई की तरह मुलायम हुई।

कनका को लेकर अहना के मन में अब कोई आशंका न थी। उलटे कनका पर उसे बहुत भरोसा हो गया था। नींद से आँखें मुँद रही थीं तब अहना ने सोचा–दीदी को कभी किसी ने प्यार नहीं किया, तभी वे...

फिर अहना सो गई।

बुआजी हाथ में एक बाँस की टहनी लिए दरवाजे पर बैठी थीं। आह ! ऐसा भोजन करके लेटने का मन तो करता ही है। चौकी पर चटाई बिछी हो, तकिया सिर के नीचे हो, खिड़की से पछवाँ हवा बहकर आ रही हो, तो कितनी अच्छी नींद

आएगी।

मगर क्या ऐसा संभव है ?

तभी कनका की आवाज आई, ''सोने की बात भी न सोचना, बुआजी ! इतनी चीजें धूप में पड़ी हैं। कौए ऊपर से बीट कर देंगे। कथरी, तकिए पर कुत्ते-बिल्ली चढ़कर गंदा करेंगे। इससे बडा अशुभ होगा। आजकल हमें बहुत सावधान रहना है।''

''क्यों ? क्या हुआ ?''

''अँ...कुछ नहीं। बनिया घर में नहीं हैं। सारी जिम्मेवारी मेरे सिर है। सावधान न रहें तो...''

''हाँ ! यह बात तो है।'' बुआजी ने बुझे मन से कहा। वे समझ रही थीं, असल बात कुछ और ही है।

अचानक चारों ओर चुप्पी छा गई। दोपहर का भाँय-भाँय करता सन्नाटा पसरा हुआ था। पेड़-पौधे और बाँस के झुरमुट में हवा में डोलते पत्तों का मर्मर स्वर। कहीं कोई कूबो पक्षी बोल रहा था–'कूब ! कूब ! कूब !'

पखेरू फूटी आँख नहीं भाते कनका को। सारा आँगन गंदा कर डालते हैं।

कनका ने एक तकिया हाथ में लिया। ऐसे जनशून्य, शांत दोपहर में स्त्रियाँ काम-काज से निपटकर आराम करती हैं। मगर कनका तो बहुत दिनों से दोपहर में नहीं सोती। दोपहर में अपने मन से कुछ-न-कुछ करती रहती है। कभी सफाई, नारियल के पत्तों की छटाई, कभी कथरी-सिलाई।

बैठी-बैठी, हाथ में तकिया लिए वह सोच रही थी–सब अगर ठीक-ठाक रहा और बनियाजी कुशल से वापिस लौट आए तो वह देवता को चाँदी का बेलपत्र चढ़ाएगी। घर में भागवत् का पाठ कराएगी। अहना के गर्भ के तीन महीने बीतने से पहले उसे मुँह नहीं खोलना है। तीन माह पूरे होने पर, चौथा लगते ही उसे त्रिनयनी छोड़ आऊँगी।

वहाँ मामी हैं। सब ठीक कर लेंगी। उनकी लड़की है। बड़ी जगह है। अच्छी-अच्छी दाइयाँ होंगी। प्रसव अच्छी तरह से हो जाएगा। लड़की हो या लड़का, तीन महीने का हो जाएगा तभी घर वापिस ले आऊँगी।

लड़की हो तब भी बुरा नहीं है। कहते हैं पहलौंठी की लड़की शुभ होती है।

हाँ, दूसरे महीने कनका पूजा करेगी। पाँच संतानवती महिलाओं को बुलाकर अहना की माँ पंचामृत लिखाएँगी। गर्भ आठ महीने का होगा तो कनका सोने की लौंग (सोने की लौंग वाली बाली पहनने का अहना को बड़ा शौक है), सुनहरी लाल पाड़ की रेशमी साड़ी और मछली-चावल-घी-मिठाई लेकर त्रिनयनी जाएगी और भोज देगी।

संतान का अच्छी तरह प्रसव हो। कनका उसे अपनी गोद में लेगी। वह 'माँ' होगी और अहना 'छोटी माँ'। एक क्यों, तीन-चार बच्चे हों। घर भर उठे। घर में

ही कनका पाठशाला खोल देगी। घरी पर ही सब पढ़ेंगे-लिखेंगे।

मगर क्या बनिया समय से वापिस आएँगे ? गदा त्रिनयनी गया था। समाचार मिला है कि अभी फिरने में देर है। ससुर-दामाद एक साथ गए हैं व्यापार करने।

मामा को दामाद मिला तो जैसे उन्हें बेटा मिल गया। दामाद के साथ काम की बातें खत्म ही नहीं होतीं।

बनिया-पाड़ा ईर्ष्या से यों ही नहीं मरा जा रहा है ! गनपति बनिया, जिसे कोई किसी गिनती में नहीं लेता था, अब चाँदी के पानदान में पान खाता है। खागड़ा के बने काँसे के बर्तनों में खाना खाता है। गया के पत्थर की बाटी में दही खाता है और काशीधाम के नरम आसन पर पूजा करने बैठता है।

मामी कनका के नाम इतनी चीजें भेजती हैं। लोगों से कितना सहा जाए ? जलने दो, जलकर मरें सब। एक समय कनका भी दूसरों की उन्नति देखकर जलती थी। असली समाचार पाकर तो कई लोग बेहोश ही हो जाएँगे।

तीन महीने तक बताने में क्या हर्ज ? सखी की सास कहती थीं कि तीन महीने तक हवा में भूत-पिशाच घूमते हैं। इसीलिए इस बात को गुप्त रखना पड़ता है। नहीं, कनका इस नियम को भंग नहीं करेगी।

पाँचवे महीने इसे मायके जरूर भेजेंगी। मगर कनका भी कहाँ जानती थी कि क्या से क्या हो जाएगा। उसकी सारी योजनाएँ धरी की धरी रह जाएँगी और एक भयानक खेल शुरू हो जाएगा।

बाप रे ! वर-कन्या के लिए भेजे गए नए तकियों में इतनी ठसाठस रुई भरी हुई है कि क्या कहें ! कनका ने एक वैरागियों जैसा बड़ा झोला सीकर रखा है। इसमें कनका रुई इकट्ठा करती है। अहना के तकिए से थोड़ी रुई निकालकर कनका ने झोले में डाली। तकिए के अंदर हाथ डालकर रुई को बराबर किया और उसका मुँह सी दिया। लो अहना, अब तुम्हारी गर्दन में दर्द नहीं होगा।

फिर उसने गनपति के तकिए का मुँह खोलकर थोड़ी रुई बाहर निकाली। क्या ठूँसी है रुई इसमें ! हाथ डालकर रुई इधर-उधर करते उसका हाथ किसी सख्त चीज से टकराया। कनका ने उसे बाहर निकाला।

लाल कपड़े में बँधी एक छोटी-सी पोटली थी। चारों ओर से सिलाई की गई थी।

इसमें क्या है ?

कनका ने दाँतों से सिलाई खोल डाली।

अंदर राख थी, जिसमें से सड़ी बदबू आ रही थी।

कनका सहसा काँप उठी। उसके मुँह से अस्फुट स्वर में निकला–'ओ माँ !' और निढाल-सी होकर वह पीछे की दीवार से टिक गई।

इसमें क्या है ?

मन के भीतर एक आँधी-सी चलने लगी। यह तो कामरू-कमच्छा के किसी गुनी

का दिया जंतर है।

कटु गंध ! कटु गंध !

इसीलिए तेगुना के टोटकों का कोई असर नहीं हुआ ! कनका ने भी कुछ छोड़ा नहीं था। क्या नहीं किया उसने ? दुर्गा-प्रदीप जलाकर पीपल के पत्ते में काजल पारा था उसने। उसे आँखों में आँज कर वह गनपति के सामने गई। गनपति ने आँखें उठाकर भी उसकी ओर नहीं देखा। तेगुना ने जो दवा दी थी उसे खाने में मिलाकर गनपति को खिलाई, पर कोई असर नहीं। और भी कितने ही टोटके वह आजमा चुकी थी, पर कुछ भी असर नहीं हुआ।

जिसने भी गनपति पर यह टोटका चलाया है। वह निश्चय ही कनका को मार डालेगा। वाह रे अहना ! वाह ! तुमने सारी व्यवस्था पहले ही कर ली थी, तब जाकर कहीं ब्याह की वेदी पर बैठी थी।

अहना ब्याह कर इस घर में आई। फिर क्या हुआ ? कैसी भयंकर औरत है, राम ! पति को वश में किया जा सकता है, पर सौत को ? क्या सौत भी कभी सौत के वश में होती है ? पर हुआ यह। यह अचंभा भी अहना ने सचकर दिखाया।

कनका के साथ छाया की तरह लिपटी रहती है। 'दीदी-दीदी' कहकर क्या प्यार जताती है !

सब-सब छल है, निश्चय छल है।

ऐसा रूप और ऐसा मन ?

कनका ने पोटली को चीथड़े में बाँध दिया। उसकी साँसें तेज चलने लगीं। नथने फूलने लगे, आँखें फट गईं, पुतलियाँ घूमने लगीं, अंग-अंग से आग की लपटें फूटने लगीं। सिर में जैसे आग लगी हो।

निश्चय ही उसको मुसीबत में डालने के लिए ही यह भस्म तैयार किया गया है।

क्या मुसीबत ? कैसी मुसीबत ?

मान लो वह लंगड़ी हो जाए ? या पंगु हो जाए ? या फिर मर ही जाए ?

तेगुना के पास जाना होगा। तेगुना ही मदद कर सकती है। देवी-देवता क्या कर सकते हैं ? आदमी की क्या सहायता कर सकते हैं ? आदमी की, जरूरत पड़ने पर, तेगुना जैसी औरत ही मदद कर सकती है, ऐसी औरत पल में प्रलय कर सकती है, किसी को बान (वाण) मार सकती है, उसको नुकसान पहुँचा सकती है। कनका को भी ऐसा ही मददगार चाहिए।

उस दिन तेगुना को खूब गालियाँ सुनाई कनका ने। गुस्से से गुर्राती हुई, विषभरी नजरों से तेगुना को बींधती कनका ने कहा, "तेरे पास कोई विद्या नहीं है। तू एकदम बेकार है। तेरे अंदर कोई शक्ति नहीं। तूने जो माँगा, मैंने दिया। जो कहा, सो किया। पर मेरा कोई काम नहीं हुआ। पति सौत की तरफ देखता है तो उसकी आँखों से

प्रेम झरता है। मेरे साथ जो भी बात होती सब सौत को लेकर होती है। 'उसका खयाल रखना, उसे अपने चरणों में जगह दो। दुःख-कष्ट मत देना।' "

तेगुना ने पलटकर वार किया, "तो फिर तुम्हीं क्यों सौत को लेकर मर रही हो ? क्यों कर रही हो उसकी इतनी खातिर ?"

"वह तो दूसरी बात है।"

अब तो कनका की समझ में आ ही गया है कि यह सब उस लाल कपड़े में लिपटे टोटके का ही करिश्मा है, वर्ना सौत के लिए भला दिल में दर्द होता है कहीं ? क्यों करता है कि सौत को रात-दिन सीने लगाए रहे ?

यह तो स्वाभाविक नहीं है।

कनका समझ गई कि इस टोटके ने तेगुना के टोटकों को पराजित कर दिया है। कनका अपना स्वभाव भूलकर कोई और स्त्री हो गई थी। अब वह पहले की तरह निर्मम और निष्ठुर हो गई। जैसे क्रुद्ध बाघिन।

कनका ने अपनी झूलती लटों को नहीं सँभाला। भूल गई कि उसने आँगन में बिछौना और तकिए सूखने को डाल रखे हैं। रुई के टुकड़े उसके चेहरे पर और सिर में उलझे हुए हैं। उसे होश न रहा कि वह कैसी दिख रही है।

बुआजी ने क्या कहा, कुछ भी वह सुन नहीं पाई। एक शब्द भी उसके कानों में नहीं गया। प्रखर धूप में आँगन में उतर कर वह गरज उठी, "ठहर अभी करती हूँ तेरी दवा ! तुझे काटकर, तेरे खून से न नहाई तो मेरा भी कनका नाम नहीं।"

पोटली को हाथ में दबाए वह बाँस-वन के रास्ते पर इस तरह दौड़ी, जैसे चैत मास का बवंडर। बाल बिखरे हुए, आँचल हवा में उड़ता हुआ।

गहरे संतोष से तेगुना ने सिर ऊपर उठाया। कनका के तिरस्कार से गाँव में उसका बड़ा अपमान हुआ था। उसके मंत्र-तंत्र और दवाएँ बेकार हैं–सब कहने लगे हैं। इसके मूल में है कनका। कनका का सौत-प्रेम। सौत सौत को, सौतेली माँ सौत की संतान को और सौत की संतानें सौतेली माँ को, सास बहू को प्यार करें, यह तेगुना के राज्य में नियम-विरुद्ध है। इसका उलटा ही नियम है। यह नियम तो तेगुना का बनाया नहीं है। संसार में तेगुना के ही नियम चलते हैं। इसे साफ देखा जा सकता है।

मुकुंद पंडित उसे पाँच लोग बुलाकर गाँव से निकालने चले हैं ? तो करके देखें न, देखते क्यों नहीं ? ठाकुर ने यह भी कहा था–'अगर तेगुना दुनिया को वश में किए हुए है तो क्यों टूटे घर में रहती है, क्यों फटे कपड़ों मे पैबंद लगा कर पहनती है, क्यों बालों में लगाने को उसे तेल तक मयस्सर नहीं ?'

यह सब सुनकर तेगुना कुछ दिनों से भीतर ही भीतर बहुत मर्माहत हुई पड़ी थी।

उसे खुद भी मालूम है कि उसमें ऐसी कोई क्षमता नहीं है। मन-ही-मन वह बहुत व्याकुल है। और इस व्याकुलता का कारण है कनका। कनका ही इसके लिए जिम्मेदार है। वह क्यों अहना को, अपनी सौत को सीने से लगाए रहती है ?

जब कनका आँधी के सामने उठते बाज पक्षी के समान तेगुना के आँगन में पछाड़ खाकर, गिरी तो तेगुना का मन बड़ा सशंकित हुआ। अच्छी खबर है या बुरी ? खबर क्या है ? गनपति बनिए की बड़ी बहू को भला तेगुना की क्या जरूरत आ पड़ी ?

''क्या हुआ बनियाइन ?''

कनका ने पोटलीवाला हाथ आगे कर दिया।

''आकर आँगन में पेड़ की छाँह में बैठो।''

''मैं...''

''बात मत करो।''

काफी समय बीता।

तब तेगुना ने आँखें ऊपर उठाईं और बोली, ''गर्भ के बच्चे का नाखून, किसी मरी हुई सौत के सिर का एक बाल, धनेश चिड़िया की चोंच, सर्पकंटकी, नखमांसी आदि लता-पत्र को रात में नंगी होकर चुनो, फिर उसे जलाकर भस्म बनाओ। उस भस्म को कुत्ता-बिल्ली को खिलाओ। कुत्ता-बिल्ली को मरने पर उनके नाखून को जलाकर भस्म बनाओ...''

''यह क्या है ?''

''तुम्हारा मित्युवान (मृत्युवाण)''

''मित्युबान !''

''और नहीं तो क्या ? अब चिंता की कोई बात नहीं...पर उसके पेट का लड़का पाँच महीने का हुआ नहीं कि बनिया तुम्हें खदेड़ देगा...और अगर बेटा जनम गया तो तुम्हारा मरना तय है...किसी पिशाच को बस में करने वाले गुनी ने यह काम किया है...''

''मैं अगर उसे मार डालूँ ?''

''भूल के भी ऐसा न करना, तुम उसके पहले ही मारी जाओगी।''

''पेट के गर्भ को अगर नष्ट कर दूँ ?''

''तो भी तुम मरोगी।''

''तो फिर करूँ क्या ? अरे मेरी माँ! कहाँ जाऊँ मैं ? क्या करूँ ?''

''अगर पेट अपने-आप गिर जाए तो तुम्हें कोई डर नहीं।''

''अपने आप कहीं पेट गिरता है ? अब मैं मरूँगी, मेरा मरना तय है। अब मैं क्या करूँ, मेरी माँ ? कहाँ से यह डाइन आई मेरे घर में ? अब मेरे खून में नहाकर ही मानेगी।''

"यह पोटली कहाँ थी, बनियाइन ?"

"बनिया के तकिए में।"

"वह जानते हैं ?"

"नहीं ! अब मेरी समझ में आया। बनिया त्रिनयनी गया और जाल में फँस गया। अरे ! जिस लड़की से कोई ब्याह करने को राजी न था, हमारा बनिया नाथे हुए भैंसे की तरह उसके वश में हो गया। घर में ले आया। एक दिन छोड़ के एक दिन उसके कमरे में जाता था। कहता था–काठ की पुतली है वह तो !"

तेगुना सड़े हुए दाँतों से हँसती है। उसकी पीली मटमैली आँखें चमकती हैं। फिर वह कहती है, "और क्या कहता ? बनिया क्या अपने आप कहता था। उससे कहलाया जाता था।"

"और पटम भर में..."

कनका के मन में बिजली की तरह चेतावनी झलकी। नहीं, वह अहना के गर्भ की बात नहीं बताएगी। अहना की बेदम पिटाई करके उसका गर्भ गिरा देगी। बाद में कहेगी उसे कुछ पता न था। मृत्यु का भय बड़ा भयानक होता है। कनका बाघिन की तरह हिंसक हो उठी।

तेगुना बोली, "मेरी दवा..."

"तेरी दवा से पहले कुछ न हुआ, आगे भी कुछ न होगा। ले, तूने जो दवा दी थी, उसके लिए..."

कनका के कान की बाली खोलकर तेगुना के समाने फेंक दी। फिर अपने चीत्कार से दामिन्या के आसमान को चीरती हुई, पोटली हाथ में पकड़े, चीखी, "अहना ने मुझे मरवाने के लिए पिशाच को छोड़ा है...बनिया के तकिए में पिशाचवाली जड़ी खोंसी हुई थी। दोहाई पंचो ! आप लोग देखिए उसकी शैतानी हरकत ! सुनो पंचों, वह मुझे मरवाने चली है..."

जैसी आँधी की तरह वह आई थी, वैसे ही तूफान की तरह वह घर की ओर भागी। आँगन में रखे कपड़े-बिस्तरे बिखेर दिए। बुआजी उसका रौद्र रूप देखकर चीख उठीं–"अरे ! यह क्या हो गया मेरी बड़ी बहू को, राम ?"

सोती हुई अहना को चोटी से पकड़कर उसने जमीन पर पटक दिया और झाडू से पीटने लगी।

'बाप रे, माँ हो' करती अहना की चीखों पर कोई ध्यान दिए बिना वह उसे चोर-कोठरी की तरफ खींचती ले चली।

"अरे दीदी हो ! मुझे क्यों..."

भीड़ जमा हो गई। आस-पास के घरों की औरतें दौड़ती हुई आकर उसके आँगन में जमा हो गईं।

सरस्वती दौड़ी आई। उसने कनका को पकड़ लिया।

''पागल हो गई है तू ? कहाँ गई थी ! कहाँ से भागती आ रही है ? हुआ क्या ? भला ऐसे भी कोई मारता है ?''

कनका तो उस समय बाघिन हो रही थी।

''तो पूछो इससे, यह क्या है ? किस चीज का भस्म पोटली में बाँधकर बनिया के तकिए में छिपाया था ?''

''मैं नहीं जानती, दीदी। मैंने कुछ नहीं किया।'' अहना बिलखकर बोली।

पाँव पटककर कनका बोली, ''मैं जानती हूँ।''

फिर पड़ोसियों से कहा, ''तुम लोग जानते हो ? नहीं जानते न। मैं तेगुना के यहाँ जाकर पूछ आई यह मेरे लिए 'मित्युबान' (मृत्युवाण) है। किसी पिशाचसिद्ध गुनी ने यह मित्युबान चलाया है मेरे ऊपर। इसी ने चलवाया है, इसी ने। इसके पेट का बच्चा पाँचवें महीने में पाँव रखेगा तो बनिया मुझे घर से खदेड़ देंगे। बच्चे के जनम लेते ही मैं खतम हो जाऊँगी।''

''हाय ! यह क्या कह रही है तू ?'' किसी औरत ने कहा।

रोती हुई कनका ने आगे कहा, ''अगर मैं पलटा बान चलाऊँ तो भी मैं ही मरूँगी। इसे मारूँ तो भी मैं मरूँगी। कैसा 'मित्युबान' है, पंचों, आप ही देखो। इसे काटकर इसका खून पिए बिना मेरी प्यास नहीं बुझेगी। मुझे तो हर हाल में मरना ही है।''

अहना ने इस बीच अपने कपड़े सँभाल लिए थे, सिर पर आँचल ले लिया था। उसकी बाँहों पर, कंधे पर, गाल पर हर जगह मार की साटें पड़ी थीं। उसने हाथ जोड़कर कहा, ''मैं कुछ नहीं जानती, आप लोग मेरा विश्वास कीजिए।''

यदुनंदन की बहन बोली, ''तेगुना क्या झूठ बोलती है ?''

''तुम्हीं लोग बताओ।''

सरस्वती की सास ने कहा, ''बेटी, तुमने भी क्या कम टोने-टोटके किए थे।''

''मगर मेरा तो सब किया-धरा व्यर्थ गया।''

''तुम्हीं तो सौत को छाती से लगाए घूमती थी। कोई औरत नहीं करती। जो दुनिया में कोई नहीं करता, वही तुमने किया ?''

''ऐसा क्या मैंने अपने मन से किया ? यह तो इसी पोटली का परताप है। मेरे मन में उलटा भाव भर दिया।''

''पोटली को ले जाकर बिना किसी को बताए, किसी निचाट जगह पर उस पर मूत देती तो बेकार हो जाती। अब जो हो गया, सो हो गया। मारने-पीटने से कुछ नहीं होगा। मोहल्ले में अशांति मत करो, बेटी। चलो, बड़ी बहू ! छोटी, तू भी आ। इस विष की पोटली कनका के घर पाँव भी न धरना। कैसा टोटका, कैसी उसकी शक्ति, किसे पता। ऐसे टोटके की बात तो आज तक नहीं सुनी।''

हरिमती घनघना कर बोली, ''मुझे तो भाई, शक था, वर्ना राजा की बेटी ऐसे

घर में आई क्यों ? कनका ! इतना तो मैं भी जानती हूँ कि त्रिनयनी की लड़कियों को टोना-टोटका खूब आता है।''

''मेरा क्या होगा, हे पंचो !''

''बाँझ है यह भी। इसे इसके बाप के घर भेज दे।''

धीरे-धीरे सभी चले गए।

कनका ने झुरझुरी लेते हुए कहा, ''और कुछ भले न कर सकूँ, पर तुझे पीट-पीटकर भुरता बना दूँगी और बिना अन्न-जल के सुखा डालूँगी।''

''दीदी हो...''

अहना का करुण आर्तनाद दिशाओं में फैल गया। कनका ने उसे चोर-कोठरी में ढकेलकर बाहर से साँकल लगा दी।

शाम होते-होते दामिन्या की चिड़ियाँ भी जान गईं यह बात। ग्रामवासी तीव्र कौतूहल से भरकर इधर-उधर डोलने लगे। मुकुंद की पत्नी बहुत व्याकुल हो उठी, पर मुकुंद ने कहा, ''यह उनका घरेलू मामला है, इसमें बाहर का आदमी कर भी क्या सकता है ? हमारा समाज ऐसा नहीं है।''

''उनका समाज नहीं है ?''

''सुनता तो हूँ कि है, पर गनपति ही यहाँ नहीं है। कोई अगर समाज के पास जाकर फरियाद करे तो शायद वे कोई रास्ता निकालें, मगर स्त्रियों के मामले में कोई कर भी क्या सकता है ? और देखो, हो सकता है कल से ऐसा न हो।''

''तुम्हारे मुँह में घी-शक्कर ! भगवान करें कल से ऐसा न हो। प्रभु ! निर्दोष की रुलाई मैं सुन नहीं पाती। राक्षस की तरह कोई किसी की बेदम पिटाई करे तो मुझसे सहा नहीं जाता। हे देवता ! अहना की रक्षा करो !''

किंतु ग्यारहवें बंगाब्द के देवताओं के पास भी न तो कान थे, न हृदय और न शक्ति, जैसे आज के देवताओं के पास नहीं हैं। इसीलिए जब-तब अहना की कातर विनती सुनाई ही पड़ जाती थी।

''मारो मत, दीदी ! छोड़ दो। हाथ जोड़ती हूँ, पाँव पड़ती हूँ तुम्हारे ! मुझे उस काल कोठरी में बंद मत करो। दोहाई तुम्हारी ! अरे बाप रे ! मर जाऊँगी मैं...''

बनिया-टोला स्तब्ध ! कनका और अहना-दोनों सौतें आपस में मारामारी करतीं, एक दूसरे का झोंटा नोचतीं तो समझ में आनेवाली बात थी। टोले के लोगों को इसमें कोई परेशानी न थी। यह तो होता ही है। जिस घर में सौतें हो, वहाँ कोहराम मचा रहे तो लोगों को ताज्जुब नहीं होता। पति एक कमरे में होता है, सौतें दूसरे में लड़ती रहती हैं। पति के मन में जगह बनाने के लिए और सौत का काँटा निकालने के लिए औरतें टोने-टोटके की तलाश में रहती हैं।

यह सब होता है। ये सब दामिन्या के परिचित दृश्य हैं।

मगर कनका जो कर रही है वह अभूतपूर्व है। पहले कभी ऐसा नहीं देखा गया। और यही बात लोगों को परेशान कर रही है। अहना कभी गाली नहीं देती, पलटकर वार नहीं करती, कोई प्रतिवाद नहीं करती। कनका के अत्याचार सहती जाती है। यह एकदम नई बात है। इसीलिए बनिया-टोला के लोग विचलित हैं।

सरस्वती की सास ने बुआजी से पूछा, "खाने को देती है।"

"नाम मत लो खाने का।"

"क्यों ? खाना नहीं देती ?"

"टूटे बर्तन में एक मुट्ठी सूखा भात।"

"रोज मारती है क्या ?"

"चलते-फिरते।"

"तुम तो बुआ हो। कुछ..."

"चुप भी रहो।"

फिर एक पल एक रुक कर बोलीं, "जरा भी दया दिखाई तो मुझे ही काट डालेगी। हँसुआ लेकर नाचती फिरती है। मैं जब उसे सहारा देकर घाट पर ले जाती हूँ तो छिपाकर थोड़ा से गुड़ का एक लड्डू उसके मुँह में ठूस देती हूँ।"

"रात में उसकी रुलाई सुनकर कलेजा मुँह को आता है।"

शायद सरस्वती की सास एक बार कनका के पास गई थी। समझाया-बुझाया होगा। नतीजा उलटा ही हुआ।

अहना की नियमित पिटाई के बीच कनका को कहते सुना गया, "इतनी हिम्मत सखी की सास की ? वह मेरे ऊपर दबाव डालेगी ? सब तेरे कारन हो रहा है।"

फिर सटाक्-सटाक् की आवाज।

और अहना की दिशाओं को हिलानेवाली आर्त पुकार।

मुकुंद की बहू बार-बार मुकुंद से कहती, "इस असहनीय परिस्थिति का कोई रास्ता निकालो, तुम्हारे पाँव पड़ती हूँ।"

"ठीक है," मुकुंद पंडित ने कहा, "कोई आगे आए, न आए। मैं ही कुछ करता हूँ। मुझसे भी अब सहन नहीं होता।"

आजकल दामिन्या में रातों को भी एक असहाय, प्रताड़ित कन्या का करुण क्रंदन और चीत्कार ही अँधेरे के दुर्वह संगीत की तरह गूँजता रहता है। इस रूदन ने टोले के लोगों की नींद हराम कर दी थी।

वसुभूति दत्त ने जैसे अपने से ही कहा, "जब किसी स्त्री की कोई देखभाल करने वाला न हो, जब उसकी रुलाई का कोई प्रतिकार न किया जा सके, तब समाज का दुर्दिन निकट होता है।"

दत्त की पत्नी बड़े घर की बेटी हैं। तेजस्विनी हैं और अपने घर की रानी। उन्होंने

मुसकराकर पति का व्यंग्य किया, "तुम भी तो कुछ करने में असमर्थ हो। भले तुम सोना-बनिया हो, पर समाज में ही रहते हो, जंगल में तो नहीं ? उसे बुलवाओ और बोलो—यह सब नहीं चलेगा।"

"हाँ ! ऐसा ही करूँगा।"

"कर सकोगे ?"

"कोशिश करूँगा। मुश्किल यह है कि गनपति यहाँ नहीं है। पुरुषविहीन घर में एक स्त्री अपनी सौत पर इतना अत्याचार कर रही है ! मगर गनपति की बड़ी बहू किसी की सुनती भी तो नहीं।"

"फिर भी, कोशिश करके देखो।"

"हाँ रानी, देखता हूँ।"

"देरी करने का काम नहीं है, वर्ना अहना तुम लोगों को मुक्ति देकर इस दुनिया से ही उठ जाएगी। तब पछताने का भी कोई लाभ न होगा।"

अहना के लिए अब दिन-रात का अंतर मिट गया था। सुबह-सुबह बुआजी दरवाजा खोलकर उसे बाहर ले जाती हैं। हाथ पकड़कर घाट पर ले जाती हैं, नहलाती हैं, कपड़े बदलवाती हैं और दरवाजे पर बैठकर रूखे बालों का पानी पोंछती हैं। उस समय तो दिन होता है। सूरज की रोशनी चारों ओर फैली होती है। फिर अहना को क्यों लगता है—अभी रात है।

बालों में कंघी फिराने चलती हैं बुआजी तो अहना हाथ उठाकर मना करती है। कहती है, "सिर में बड़ा दर्द है, बुआ। कंघी चुभती है।"

पूरी देह में काली साँटें पड़ी हुई थीं, चमड़ी जगह-जगह से फट रही थी। मार के दाग पीठ पर ही ज्यादा थे, क्योंकि अहना पेट बचाती थी। मगर अब अहना समझ गई है कि संतान उत्पन्न करने तक वह जिंदा नहीं बचेगी।

वह जानती है—जन्मकुंडली झूठी है, गणना झूठी है, ज्योतिष झूठा है। वह यह भी जानती है कि अगर गनपति को पता चल जाए तो वह उड़कर आ जाएगा। आकर उसे अपनी बाँहों में भरकर निरापद स्थान पर ले जाएगा। मगर वह जानती है, गनपति के साथ उसकी मुलाकात नहीं होगी।

उसने अपनी कालकोठरी की दीवार पर कंकड़ी से लिख रखा था, "तुम जब से हुए परदेशी, मेरी आँखों के सामने तब से सिर्फ अँधेरा छाया रहता है।" दीवार पर लिखी इस इबारत पर सिर टिकाए, आँखें मूँदे वह बैठी रहती है। बुआजी पत्थर की टूटी डोकनी में भात और कलसी में पानी रख जाती हैं। कभी वह खाती है, कभी नहीं खाती। छोटी खिड़की से आसमान की तरफ ताकती रहती है।

उस पोटली में कोई टोटकेवाली दवा थी तो सही ? माँ ! माँ बड़ी कातर हो रही थी। माँ ! तुम अहना के लिए कातर हुई भीतर मगर अहना तो अब जिंदा ही नहीं बचेगी। पेट के भीतर का भ्रूण क्या अब तक बचा होगा ? अगर भ्रूण न रहा तो

अहना जीकर क्या करेगी ?

इसी तरह के विचारों में डूबी अहना चुपचाप बैठी रहती है। कनका कोठरी में आती है तब भी वह सिर नहीं उठाती। यह निर्वाक् और अंतहीन आत्मसमर्पण एक ऐसी अपरिचित घटना है, एक ऐसा अभूतपूर्व दृश्य है कि कनका के उठे हाथ नीचे आ जाते हैं।

अहना कभी-कभी अपलक कनका की ओर देखती है।

"खाती क्यों नहीं ?" कनका पूछती।

अहना कोई उत्तर नहीं देती।

"बिना खाए मर कर मुझे मरवाना चाहती है ?"

अहना इस बार भी कोई उत्तर नहीं देती।

कनका की छाती धड़-धड़ करती है। बिना खाए अगर यह मर गई ? मगर उसके पहले तो मैं मरूँगी। मृत्युवाण ! मृत्युवाण !

कनका पुकारती है, "बुआ ! बुआजी !"

बुआजी बिना कुछ बोले, आकर चुपचाप खड़ी हो जाती हैं।

कनका मौत के डर से काँपती हुई कहती है, "मुझे बान मारा है, मेरी बुद्धि खराब हो गई है, पर तुम्हें क्या हुआ है ? इसे गरम भात और व्यंजन लाकर खिलाओ।"

"किस मुँह से खाएगी ? होंठ फटे हुए हैं, दाँत टूटे हैं, गले की नली दबाने से खाने की नली बंद हो रही है। पानी के अलावा कुछ खा सकती है क्या ? पता नहीं तेगुना ने क्या कहकर तेरी मति मार दी ? तूने बड़ा पाप किया, बेटी।"

कनका को गुस्सा आने को होता है, पर वह पाती है कि डर ने उसे जकड़ रखा है। कहती है, "गरम दूध घूँट-घूँट करके पिलाओ।"

"दूध नहीं पीऊँगी मैं ?" अहना बोलती है और लेटकर आँखें बंद कर लेती है।

बुआजी आकर उसके पास बैठती हैं।

"सुनो बेटी, थोड़ा सा दूध पी लो।"

"नहीं बुआ ! मुझे कुछ नहीं लेना।"

इतनी मीठी आवाज में बोलती है अहना कि बुआ की छाती फटने लगती है।

"पी ले, बेटी। थोड़ा दूध पी ले। फायदा करेगा। आज तो इस डाइन का भी दिल काँप रहा है। समाज की पंचायत बुलाई गई है। इसे सजा मिलेगी।"

अहना निंदासे गले से पूछती है, "किसको ?"

"कनका को, और किसको ?"

"क्यों ?"

"जीतेजी तेरी चमड़ी उधेड़ी है, इसीलिए..."

"क्या फायदा ?"

"थोड़ा दूध ले ले, बेटी।"

"नहीं, पानी दो।"

"अच्छा, पानी में दूध मिलाकर देती हूँ।"

दो घूँट पीकर ही अहना सो जाती है। सबकुछ हलका लगता है उसे। लगता है वह उड़कर कहीं चली जा रही है। माँ पुकारती है...गनपति पुकारता है...अहना की नींद ही नहीं खुलती। 'मुझे सोने दो, जी। पुकारो मत...' अहना बुदबुदाती है।

पंचायत में बनियों को तलब किया जाता है। बनिया-समाज की स्त्रियाँ कनका पर फट पड़ती हैं। कनका की अंध-समर्थक सखी सरस्वती कर्कश स्वर में कहती है, "बाँझिन, राँड ! सौतें किस घर में नहीं हैं ? कौन नहीं करता टोना-टोटका ? कहाँ नहीं होता है कलह ? पर पहले कभी इस मसले पर पंचायत जुटी है ?"

हरिमती गहरे संतोष के साथ कहती है, "यह बनिया-समाज की पंचायत नहीं है, सकल समाज की महापंचायत है।"

यदुनंदन की बहू गंगा कहती है, "राच्छसी (राक्षसी) ! अब मुझे लगता है कि गाँव में जो औरतें, बच्चा न होने के कारण, मरीं वे तेरे ही जहर से मरीं। तूने इतना आतंक फैला दिया कि..."

"कौन कहता है ?"

गंगा ने पाँव जमीन पर पटककर कहा, "मैं कहती हूँ, बोल, क्या कर लेगी ? तेगुना के घर तू ही बार-बार दौड़ी जाती है, हम लोग नहीं ?"

इस प्रकार आँगन में एक स्मरणीय विवाद का जन्म हुआ। अहना के रात्रिकालीन विलाप और करुण क्रंदन ने अनेक लोगों की, अनेक दिनों से नींद हराम कर रखी थी। दो सौतों का प्रेम, सचमुच, असह्य लगता था, मगर कनका के इस चंडी-रूप ने तो समाज को हिलाकर रख दिया था। और अहना की रुलाई !

"तुझे डाह भी हुई तो किससे ? देवी की तरह है जिसका रूप, जो पानी की तरह तरल और शीतल है और जो रानी होने लायक है, ऐसी लड़की से ? अरे डायन ! अगर समय से तेरे औलाद होती और वह लड़की होती तो आज इतनी ही बड़ी होती।"

"मरघट के उल्लू जैसी बैठी है ! उधर गनपति का ससुर दामाद को धनी बनाने के लिए प्रान दे रहा है, इधर तूने उसकी ही लड़की की जान ले ली ? इसका बाप तुझे क्या यूँ ही छोड़ देगा ?"

मधुकर की माँ ने कहा, "मरद लोग तो तेरा न्याय बाद में करेंगे, हम औरतें ही तेरा सिर मूँड़कर तुझे गाँव के बाहर कर देंगी। और एक बात कहे जाती हूँ ! आज से तुम्हारे साथ हममें से किसी का कोई संबंध नहीं।"

"अरे सुनो तो, यह अहना झूठ-मूठ रोती है, नाटक करती है। और बुआ तुमसे

झूठ-सच लगाती है।"

बुआजी भीड़ में से निकलकर कहती है, "मैं तो उस घर के जूठन पर पल रही हूँ। तुम लोगों से कभी कुछ कहने की हिम्मत नहीं हुई।"

फिर हाहाकार करती हुई बुआ ने कोठरी की साँकल खोल दी और बोली, "तुम लोग भी देख लो। यह लड़की भला जिंदा रहेगी ?"

जमीन पर बिछी चटाई पर अहना सो रही थी। माथे पर खून के थक्के जमे हुए थे। सारी देह पतली छड़ी और झाड़ू की मार से क्षत-विक्षत थी। दोनों होंठ फटे और सूजे हुए थे। हाथों-पाँवों में कहीं ऐसी जगह न थी, जो काली साँटों से भरी न हो।

बनियों के घर की औरतें स्तब्ध ! वे जाकर अहना को देखती और आँखों पर आँचल रखे बाहर आतीं ! अंदर जातीं और एक पल बाद ही तेज कदमों से बाहर चली जातीं। जाते-जाते हरिमती कहती गई, "अगर यह मर गई तो उसके साथ ही तुझे भी बाँधकर घर में आग लगा देना ही सही होगा।"

धीरे-धीरे सभी चले गए।

कनका ने बुआ से कहा, "तुम क्यों रह गई। तुम भी जाओ न।"

"बहू ! सुन मेरी बात ! आज से तेरा अन्न-जल नहीं लूँगी, पर इसे छोड़कर जाऊँगी भी नहीं।"

कनका के सिर पर जैसे आसमान फट पड़ा।

पंचायत नहीं, महापंचायत थी वह। स्वर्णवणिक, तंबोली, धोबी, नाई, कायस्थ, ब्राह्मण, वैद्य—सभी के प्रतिनिधि उसमें शामिल थे।

वसुभूति ने कहा, "यदुनंदन ! द्रौपदी पर हुए अत्याचार अपमान के कारण कुरुवंश का नाश हुआ था। गनपति के घर इतना भयंकर कांड हो रहा था और तुम लोग कान में तेल डाले पड़े हुए थे ? यह सब केवल तुम्हारे समाज तक सीमाबद्ध नहीं है; समझे ? भुवन तंबोली के लड़के का ब्याह टूट गया है। लोग कहते हैं, जिस गाँव में बहुओं को पीटा जाता है, वहाँ अपनी लड़की नहीं देंगे। भविष्य में दामिन्या की किसी भी जाति के घर अपनी लड़की देते उसका बाप डरेगा। और हम भी देखेंगे कि निस्संतान बनिए को दूसरी पत्नी न मिले।"

"औरतों को दंड कैसे दिया जाए ?"

"त्रिनयनी में उसके मायके कोई गया है ? गनपति का पता लगाने कोई गया है ?"

बनिए एक दूसरे का मुँह ताकने लगे।

"हम साफ कह रहे हैं कि दामिन्या का महा-दुर्दिन आने वाला है। उसकी रुलाई से...उसकी रुलाई से..."

मुकुंद पंडित ने गहरे दुख के साथ कहा, "चाहे गनपति हो या उसकी बड़ी बहू, तेगुना पर उनका बहुत विश्वास है।"

"विश्वास तो सभी को है। मगर तुम्हीं बताओ, ठाकुर, ऐसा कांड किसके घर में होता है ? दो ब्याह तो बहुतों ने किए हैं।"

यदुनंदन ने कहा, "महापंचायत के पंचो ! यहाँ से लौटकर हम अपने घर नहीं जाएँगे। महापंचायत की बात सुनकर दामिन्या की बहू-बेटियाँ गनपति के घर जाकर सब कुछ देख आई हैं। हम यहीं से त्रिनयनी की ओर चलेंगे। महापाप हो गया, महापाप !"

मुकुंद पंडित ने कहा, "अपनी माँ से कहो कि वे अहना का दिन-रात पहरा दें। उसे जैसे भी हो जिंदा रखें।"

वसुभूति ने कहा, "यह महापंचायत का निर्देश है।"

सभी एक-एक कर जाने लगे।

मुकुंद पंडित ने सिर हिलाया।

हाय रे देश ! हाय रे समाज ! हाय रे अहना !

बारह

अहना ने आँखें खोलीं। आँखे खोलने में कितना कष्ट है, राम ! बेहोश थी तो ठीक थी। माँ के पास बैठकर मिट्टी के बर्तनों में रसोई का खेल खेल रही थी।

क्या अभी भी वह सपना देख रही है ?

नहीं, यह सपना नहीं है। कोने में तेज दिया जल रहा है। वह खाट पर सोई थी। कौन लोग उसे केले के पत्तों पर सुला रहे हैं ?

सारी देह में, हाथों-पाँवों में मलहम की गंध आ रही है। किसने लगाया मलहम ? कौन लोग यहाँ जमीन पर सोए पड़े हैं ?

बुआजी, यदुनंदन की माँ और गोपालदास की बुआ इस कमरे में क्यों सो रही हैं ? क्या हुआ है इस घर में ?

उसकी निगाह खिड़की से बाहर गई।

रात का आसमान, हाँ रात ही रात है। सितारों के उस झुंड का नाम मृगशिरा है। दूसरे दल का नाम सप्तऋषि है। माँ कहती थी—आदमी मर कर आकाश में तारा बनकर उगता है।

अहना ने माथे पर हाथ फिराया। नहीं, किसी ने मेरे बाल नहीं बाँधे। लगता है कोई तेल लगाया गया है। कोई दवा वाला तेल।

किसने किया यह सब ? वे इतनी देख-भाल क्यों कर रहे हैं ? क्या अहना को वे ले जाएँगे ?

दर्द ! ओह बड़ा दर्द हो रहा है।

पेडू में भयानक दर्द है। आता है, जाता है। और क्या, और क्या होगा ?

अहना ने जाँघों के बीच हाथ रखा।

खून की धारा ! हाँ ! इसी का डर था उसे।

माथे में जैसे अँधेरा उतरता आ रहा है। घना अँधेरा ! टोले के लोगों ! अगर तुम्हें पता होता कि अहना गर्भवती है तो क्या तुम लोग कनका की निर्दयता देखकर भी चुप रहते ?

किसी का दोष नहीं है। सब अहना का दोष है।

क्या मुझ पर भूत का साया था ? एक बार भी किसी से नहीं कह पाई कि मेरे

पेट में संतान है, मुझे मारती है।

बोलती भी कैसे ? शायद तीन महीने बीते बिना यह बात किसी को बताना मना है।

एक पल बाद अस्फुट स्वर में अहना ने कहा, "तो आखिरकार गर्भ गिर ही गया।"

हाय ! बचपन से ही उसे हर चीज के लिए मना ही किया जाता रहा। यह मत करो, वह मत करो। यह नहीं, वह नहीं। नहीं, नहीं, नहीं।

दौड़कर साँप का खेल देखने जा रही थी तो माँ ने कहा था–'पायल झनकाते हुए दौड़ना नहीं चाहिए।'

भीगे बाल बाँधे नहीं तो कहा था–'बाल खुले नहीं रखने चाहिए।' जोर से हँसने की मनाही, ऊँची आवाज में भैया को पुकारने पर मनाही। कुछ खाने से मना करने पर कहा गया–'लड़कियों को यह शोभा नहीं देता।'

माँ हो ! तुमने जब भी, जो भी कहा, मैंने सुना। अगर तुम मुझे बता देती–'अहना ! तुम्हारे पति के तकिए में मैंने टोटके की दवा डाल दी है। इससे तू पति और सौत-दोनों को प्रिय होगी, तब तो माँ...

खून से केले के पत्ते तर हो रहे हैं।

बिस्तर पर जैसे काँटे बिछे हों, देह से जैसे ताकत निचुड़ती जा रही है। सिर में जैसे सबकुछ उलट-पुलट गया है।

लगता है कहीं ढोलक बज रही है, कहीं काँसे की थाली बज रही है और कुछ लोग हूलाहूली* कर रहे हैं। लगता है माँ पुकार रही है। कह रही है–'अहना ! उठ ! आज तेरा दधि-अक्षत है। सारा दिन तुझे उपास करना है।"

फिर सब नीरव, निःस्पंद !

बड़े कष्ट से, अमानवीय प्रयास से अहना आँगन में उतरी। धीरे से सदर दरवाजा खोला।

बाहर जैसे चाँदनी के फूल खिले थे।

देह जल रही है रे माँ, देह में आग लगी है, आग ! चाँदनी में जरा खड़ी होती हूँ। शायद देह जुड़ा जाए थोड़ा। नहीं, घाट पर चलती हूँ। माँ, चलो तुम भी। नहाऊँगी, पानी पीऊँगी। बड़ी प्यास लगी है, माँ, पानी पीऊँगी।

अहना कहाँ है ?

यह तो माँ का घर नहीं है, पति का घर है। पति का। होगा।

बस, जरा सा आगे जाने पर घाट है। झील के पानी में चाँदनी की लहरें उठ रही थीं। शीतल, शीतल जल, झील ! तुम्हीं पास आ जाओ। पाँव अब उठ

*किसी शुभ अवसर पर स्त्रियों द्वारा मुँह से निकाली जाने वाली ध्वनि।

नहीं रहे हैं।

पेट के नीचे के हिस्से से जैसे गर्म लोहे का पिंड धँसा आ रहा है। अहना बैठ गई। खून की धारा बह रही है, बहती ही जा रही है। मुझे छोड़कर मत जा, मुन्ना ! तेरी माँ बनूँगी, तुझे जनम दूँगी, इसीलिए तो बनिया मुझे ले आए थे। मैं तेरी माँ बनूँगी, कितनी साध थी मेरी ! तेरे लिए बड़ा अत्याचार सहा। सौत मारती थी तो सिर्फ पेट बचाती थी, जिसमें तू पल रहा था।

जाना ही है तो मुझे भी साथ ले चल, मुन्ना ! घर में पति नहीं है, पेट में तू नहीं होगा तो किसके सहारे जिऊँगी, मुन्ना ?

अहना जमीन पर लेट गई।

सवेरे सबसे पहले बुआ ने अहना को देखा।

गनपति ने त्रिनयनी में कदम रखते ही जब यह सुना कि ढाई महीने पहले ही अहना इस दुनिया से विदा हो गई है तो जैसे उस पर वज्रपात हो गया। फिर वह क्रोध में बाघ की तरह गरजकर बोला, "कनका को पता था कि अहना गर्भवती है।"

"हे पंचो ! कनका जानती थी, कनका को मैंने खुद बताया था। कनका जानती थी, फिर भी...आज मैं उसे काटकर फेंक दूँगा और खुद भी अपनी जान दे दूँगा।"

यही सब बोलता हुआ और छाती पीटता वह दामिन्या में घुसा।

मगर उसका घर कहाँ है ?

जहाँ उसका घर था वहाँ एक जले हुए मकान का खंडहर खड़ा था। खंडहर में घास-पात और जंगली पेड़ों का एक झुरमुट खड़ा था। आदमी कोई न था, न कनका, न बुआजी।

लोग इकट्ठा हो गए।

"कनका कहाँ है, यदुनंदन ?" गनपति ने पूछा।

"कनका नहीं रही।"

"नहीं रही ?"

"वह...बाँसवन के उस पार चकोतरे के पेड़ पर लटक कर...हम लोग श्मशान गए थे। औरतों ने उसे घेर रखा था, पर वह सभी को लात मारकर चली गई..."

"तो फिर मैं दामिन्या में रहकर क्या करूँगा ? अहना नहीं है, मैं दामिन्या में क्या करूँगा ?"

यही सब बोलते हुए, छाती-सिर पीटते-पीटते गनपति दामिन्या छोड़कर चला गया।

गनपति हाहाकार करता हुआ कह रहा था, "दामिन्या में आदमी नहीं है रे ! अहना को किसी ने बचाया नहीं रे ! यहाँ न देवता हैं, न ठाकुर, न आदमी।"

अकालवर्षा के कारण गनपति बनिए के घर में घास-पात और जंगली पौधे उग गए थे। जंगल-सा हो रहा था वहाँ। वहाँ न चोर आते थे, न डाकू।

बुआजी अब मंदिर के सामने बैठकर भीख माँगती थीं। रात में पेड़ के नीचे आँचल बिछाकर सो जाती थीं।

गाँव की औरतों ने अहनावाले घाट पर जाना छोड़ दिया था। अब दूसरे घाट पर नहाती थीं।

दो महीने बाद मुकुंद पंडित ने अपना मौन व्रत तोड़ा। दो महीनों से, जहाँ तक संभव था, न वह घर के लोगों से बोले थे, न बाहरवालों से।

बहुत दिनों बाद आज उन्होंने अपनी पत्नी को आवाज दी। पत्नी आकर खड़ी हो गईं।

"वह खिड़की क्यों खोली ?"

"अब तो कोई रोता नहीं..."

"हाँ ! अब कौन रोएगा ?" फिर एक पल बाद मुकुंद ने कहा, "सच, दामिन्या में रहनेवाले हम सब राच्छस हैं, आदमी नहीं हैं। गनपति ने झूठ नहीं कहा था।"

"यह सब कहने का अब क्या फायदा ?"

"आज जब मैं, पानी में खड़ा, जाप कर रहा था तो एक बात मन में आई।"

"क्या ?"

"अहना की पूरी कथा मैं...मैं लिख जाऊँगा। कभी पांचाली* गीत लिखूँगा और...जिंदा थी तो उसकी कोई सहायता न कर सका...पांचाली में उसे...उसे... अभागिन ने बड़ा कष्ट पाया..."

मुकुंद की आँखों से आँसू झरने लगे।

एक पल बाद उनकी पत्नी ने धीमे से कहा, "पांचाली में उसे पति-पुत्र भी देना। बेचारी की बड़ी साध थी..."

"लिख पाया तो जरूर दूँगा।"

पति-पत्नी गनपति के उजाड़ भीटे की ओर देखते रहे। वहाँ उगे पेड़-पौधे पहले की तरह हरे-भरे थे। उजाड़ घर की बची-खुची छत पर चिड़ियाँ अभी भी बैठी हुई थीं। झील का जो हिस्सा दिख रहा था, वहाँ पानी अभी पहले की तरह झलमल कर रहा था।

मुकुंद को आज पहली बार लगा—प्रकृति बड़ी उदासीन है, बड़ी निष्ठुर, बड़ी बैरागिन। उसने अहना को भुला दिया। दूर कहीं बनिया-बहू चिड़िया बोल रही थी, बोलती ही जा रही थी।

●●●

---

*बांग्ला भाषा की एक पुरानी पद्यविधा।